Meinen Lesern

Heinz G. Konsalik

Heinz G. Konsalik, 1921 in Köln geboren, begann schon früh zu schreiben. Der Durchbruch kam 1958 mit der Veröffentlichung des Romans »Der Arzt von Stalingrad«. Konsalik, der erfolgreichste deutsche Autor der Gegenwart, hat mehr als hundert Bücher geschrieben, die in viele Sprachen übersetzt wurden. Die Weltauflage beträgt über sechzig Millionen Exemplare. Ein Dutzend Romane wurden verfilmt.

Heinz G. Konsalik

Ich gestehe

Roman

Originalausgabe

GOLDMANN VERLAG

Made in Germany · 13. Auflage · 8/87
Genehmigte Taschenbuchausgabe
© 1976 beim Autor
© 1983 bei Hestia Verlag GmbH, Bayreuth
Umschlagentwurf: Atelier Adolf & Angelika Bachmann, München
Umschlagfoto: Tom Stack/Schlück, Garbsen
Gesamtherstellung: Elsnerdruck, Berlin
Verlagsnummer: 3536
Lektorat: Dagmar von Berg/MV · Herstellung: Harry Heiß/Voi
ISBN 3-442-03536-8

Während ich diese Zeilen schreibe, müßte ich eigentlich traurig sein.

Ich sitze allein an der steinernen Balustrade des kleinen Cafés »Riborette« und schaue über die bunten Badezelte und die flatternden Wimpel hinweg, die man über den weiten, in der Sonne flimmernden weißen Strand von Juan les Pins gespannt hat. Das tintenblaue Wasser des Mittelmeeres klatscht träge an den Ufersteinen empor, und die Palmen, Pinien, Zypressen und Maulbeerbäume entlang der breiten Straße und im Garten des Cafés »Riborette« sind ein wenig verstaubt, so still ist der Wind und so heiß brennt die Sonne, als leuchte sie herüber über das Meer, direkt aus der afrikanischen Wüste.

Ich bin allein, allein mit meinen Gedanken und meiner Sehnsucht, allein auch mit meinem Schmerz, den ich mir selbst zufügte und den ich doch nicht verhindern konnte.

Gaston hat mich verlassen.

Es ist ein kleiner Satz, und wie oft hört man ihn aus dem Munde eines unglücklichen Mädchens. Manchmal heißt er Paul oder François, Erich oder Peter, Julien oder Pablo . . . Und immer wird dieses Mädchen zu Boden blicken und seine Augen werden weinen, wenn es sagt: Er hat mich verlassen.

Ich weine nicht und sehe nicht zu Boden, ich starre nur über das träge Meer und trinke ein kleines Glas Orangeade, denn im Innern bin ich froh, daß alles so gekommen und Gaston gegangen ist; gestern abend, nachdem er groß und schlank vor mir stand und sagte: »Ma chère, ich gehe nach New Orleans. Übermorgen fährt mein Schiff ab Genua . . .«

Nach New Orleans! Und ich habe nichts gesagt, ich habe nur genickt und mich umgedreht und bin in mein Zimmer gegangen. Eine gute Lösung, habe ich mir gedacht, die beste Lösung nach allem, was zwischen uns geschehen ist. Aber im Innern, im Herzen, dort, wo ich glaubte, immer die Liebe zu fesseln, tat es weh, so weh, daß ich die Zähne zusammenbiß, um nicht doch zu weinen wie all die Mädchen, zu denen ein Mann sagt: »Übermorgen geht unser Leben für immer auseinander.«

Wie das alles gekommen ist? Warum es so sein mußte? Warum es keinen anderen Ausweg gab als die Trennung, diese Flucht nach New Orleans?

Ach, es ist eine lange Geschichte, und wenn ich sie hier erzähle, so ist es mehr die Beichte einer Frau, die nur nehmen wollte, die immer nur forderte, die unersättlich war in dem, was Leben heißt und die schließlich daran zerbrach, weil ihr das Maß aller Dinge verloren ging in einem Taumel von Glück und Erfüllung, von dem sie dachte, *das* sei das wahre Leben, das wert sei, gelebt und geliebt zu werden.

So ehrlich bin ich – wirklich –, ich erkenne mich, als blicke mir im Spiegel nicht mein glattes, schönes Ebenbild entgegen, sondern der Mensch, zerlegt wie auf dem marmornen Seziertisch des Hospitals Necker in Paris. Ein Mensch, nicht nur bestehend aus Muskeln, Knochen, Häuten, Venen, Arterien und Drüsen, sondern ein Mensch, der in geheimnisvoller Art in seinen Nerven noch die Seele trägt und sie jetzt bloßlegt vor den Augen der staunenden und entsetzten Vivisektoren.

Gaston – wer ihn kannte, mußte ihn lieben. Dieser Dr. Gaston Rablais, Chirurg aus Paris, Erster Oberarzt bei Prof. Dr. Bocchanini, war ein Mann.

Hier könnte ich eigentlich aufhören, weitere Dinge in Worte zu kleiden. Was gibt es Umfassenderes, Deutlicheres und Bestimmenderes als dieses Wort Mann? Es schließt ein ganzes Leben ein, es ist ein Wort des Schicksals, es kann Himmel und Hölle bedeuten, Freude und Leid, Glück und Entsetzen, Liebe und Haß, Seligkeit und Trauer. Alles, alles ist in diesem Wort verborgen, quillt aus ihm hervor wie die Wundergaben aus dem Füllhorn der Aurora ... Ach, welch ein Wort, welch eine ganze Welt: Mann!

Mir wurde es zum Verhängnis, dieses Wort, weil es Dr. Gaston Rablais verkörperte mit all dem hinreißenden und willenlos machenden Charme, dem wir Frauen erliegen, kaum, daß er unser Bewußtsein trifft und uns innerlich zittern und erbeben läßt.

Seine Augen, die kleinen Fältchen in den Augenwinkeln, die schmalen Lippen vor dem herrischen Mund, die etwas gebogene, schmale Nase in diesem braunen, manchmal asketisch wirkenden Gesicht, dessen heftigster und schönster Ausdruck seine Augen waren, diese braunen, großen, strahlenden Augen, die mich ansahen und unter denen ich wegschmolz und willenlos wurde.

Bis gestern. Gestern abend, als er in den Salon des Hotels trat und zu mir sagte: »Ich fahre.« Da waren seine Augen kein Geheimnis mehr, da verloren sie die Kraft der Suggestion auf mich, da sah ich ihn anders, den großen, schönen Gaston. Er war ein Mann wie alle anderen, vielleicht ein wenig eleganter, gepflegter, weltgewandter, sicherer. Aber im Grunde genommen doch nur ein Mann, der feige war und in dem Augenblick, in dem er sagte: »Ich gehe«, auch ein Mann, der es nicht wagte, mich anzusehen.

Warum sollte er mich auch ansehen? Ich war an diesem Abend eine Erinnerung geworden. Ich für ihn, er für mich. Er fuhr über den Atlantik nach New Orleans. Ich blieb zurück in Europa, im alten, verträumten, verliebten Paris. Und Schuld? Bekannte er sich schuldig? War nicht auch ich Teilhaberin eines Schicksals, das ich selbst herausgefordert hatte, als ich Gaston der kleinen Brigit vorstellte?

Brigit wird nun mit Gaston nach New Orleans fahren. Vielleicht heiraten sie drüben in Amerika. Vielleicht aber auch nicht, und Brigit wird seine Geliebte bleiben, wie ich sie einmal war.

Brigit . . . meine Schwester . . .

Die Sonne brennt noch immer. Das Meer ist blau wie flüssiges Kobalt. Unter mir, auf der breiten Straße, flutet der Verkehr dahin. Blitzende Wagen, schöne Frauen, elegante Männer. Der Ober bringt mir eine neue Orangeade. Ich nickte dankend und sah dabei, wie mich ein Herr drei Tische weiter beobachtet. In seinem Blick lag eine fast tierische Bewunderung, ein Abtasten und gedankliches Nehmen, eine platonische Sexualität, die, wäre sie ein Ton, grell über Juan les Pins gellen würde. Er wird gleich aufstehen und versuchen, sich mir zu nähern. Ich sehe an seinen Blicken, wie es ihn treibt, wie die Natur in ihm ihn vorwärtstreiben wird, um zu versuchen, mich zu besitzen. Ach, wenn er wüßte, warum ich hier sitze und auf den Strand blicke, allein, verlassen, mit jener Wehmut, die manche Männer anspornt, den selbstlosen Tröster bis hinter der Tür des Schlafzimmers zu spielen.

Männer! Wie sagte doch der englische Dichter Oscar Wilde: »Die launischste Geliebte ist – der Mann!«

Von der Terrasse des Hotels »Pacific« klingt die Teemusik über den Strand. Die Leute tanzen unter den aufgespannten Sonnensegeln wie auf dem Deck eines Schiffes.

Was wird Gaston jetzt machen? Wird er packen? Wird er, wie ich, in einem Café sitzen und auf den Strand blicken? Oder wird er Brigit in den Armen halten, die zarte, kleine Brigit mit den Mandelaugen und den schlanken, langen Schenkeln, über die jetzt vielleicht die Hand Gastons mit zitternder Liebkosung gleitet?

Ich stehe auf. Ich kann das nicht mehr ertragen! Die Sonne, die Menschen, die Tanzmusik, die geilen Augen des Mannes drei Tische weiter an der Balustrade.

Ich gehe.

Aber ich muß noch etwas sagen, bevor ich gehe. Ich habe gelogen, vorhin, als ich sagte, daß ich eigentlich froh, sehr froh wäre, daß alles so gekommen ist. Es ist nicht wahr, es ist eine plumpe Lüge. Ich bin sehr traurig, so traurig, wie es alle Mädchen in meiner Lage sind. Ich bin ja nicht anders als sie – ich habe auch geliebt, ich habe auch in seinen Armen gelegen, ich kann ihn nicht vergessen, auch wenn ich es wollte. Und ich werde Gaston vermissen – ich gestehe es ein –, ich werde mich an seine Liebe zurücksehnen und hungrig sein nach seinen Liebkosungen.

Und an diesem Hunger werde ich eingehen, weil niemand kommen wird, der ihn stillen kann; so stillen, wie es Gaston konnte . . . bis gestern . . .

Es ist wirklich schwer, gleichgültig zu sein, wenn man einen Mann verloren hat.

Es war in der Nacht zum vierten August, als ich Gaston kennenlernte.

Wir hatten eine kleine Feier veranstaltet, wir frisch gebackenen Doktoren der Medizin. »Kinder, wir werden die Diplome begießen!« hatte der immer fröhliche Pierre Laroche gerufen. Er hatte gerade zum Dr. med. promoviert und trug sich mit der Absicht, sich in Nîmes, wo sein Vater Anwalt war, als Gynäkologe niederzulassen. »Ein guter ›Damenschneider‹ ist immer begehrt!« sagte er in seiner oft frivolen Art. »Vielleicht kann ich mir mal eine Millionärstochter vom Untersuchungsstuhl angeln! Es wird dann später heißen: Ihre erste Bekanntschaft war ein Gummihandschuh!« Und er lachte dröhnend, während ihm Fioret, der kleine Südfranzose und Ohrenspezialist, auf die Schulter schlug.

»Saufen wir darauf einen!« schrie er mit seiner hellen Stimme. »Gisèle macht doch mit?«

»Aber ja«, sagte ich fröhlich. »Ich kann euch doch nicht ohne frauliche Aufsicht unter die Menschen lassen!«

So waren wir ausgegangen. Pierre, Fioret, Jaque, Vince, Aldai, ein Amerikaner, Jean und ich. Wir waren eine lustige, laute, ausgelassene Bande, lauter Mediziner mit dem noch frisch unterschriebenen Diplom in der Tasche. Wir lärmten über den Boulevard Haussman, brachten unserem Professor ein Ständchen und zogen dann weiter nach St. Germain des Près, dem Existentialistenviertel von Paris, dem Dschungel der bärtigen Weltverleugner und der Tempeltänzerinnen des »Tabu«. Hier, im Keller des Monsieur Pompom, der sicherlich anders hieß, aber der nur Pompom gerufen wurde, ließen sich die Jungen vollaufen und begannen gegen Mitternacht die Solotänzerin des Lokals auf den Tisch zu legen, um am lebenden Modell den anderen Gästen Anatomie zu lehren.

»Und hier, Mesdames, Messieurs«, hatte der torkelnde Pierre Laroche gerufen, »hier sehen Sie die Mamma! Eine entzückende, voll entwickelte, verflucht reizende Mamma! Angenommen, Jeanette hat einen Mammakarzinom? Was tun?« Er fuhr mit den Fingern rund um die Brust der Tänzerin und hob ihren Arm. »Wir nehmen die Mamma ab! Einfach ab. Bis zu den Lymphdrüsen unter dem Arm!«

Quiekend verließ die Tänzerin den Tisch und rannte nackt durch den Keller zu ihrer Garderobe. Die anderen Gäste klatschten in die Hände, und wir sangen unser Studentenlied, während wir mit den Fäusten den Takt auf den Tisch hämmerten.

Gegen drei Uhr morgens dann schloß Pompom seinen

Keller und setzte uns vor die Tür.

Es war eine warme Nacht. Ich erinnere mich noch gut daran. Eine Augustnacht voll angestauter Sommerhitze. Ich sah die dunklen Fenster der Häuser entlang. Hier und da stand eines offen. Jetzt liegen sie nackt auf ihren Betten, dachte ich, weil es im Hemd oder Schlafanzug zu warm ist. Monsieur Dupont wird seine Hand auf dem Schenkel seiner Frau liegen haben, und Madame Lorranine hat einen wohligen Traum und tastet mit den Beinen nach dem schnarchenden René. Irgendwo hinter diesen stillen, dunklen Fenstern werden zwei nackte Körper nur noch ein Körper sein, verschlungen und ineinander geglitten wie bei dem Liebesspiel der Schlangen. Irgendwo, dort hinter den Fenstern –

So dachte ich, während Pierre Laroche und Fioret auf dem Bordstein der Straße saßen und sich stritten, welches Bordell um diese Zeit noch geöffnet sei.

»Was machen wir mit Gisèle?« fragte Vince, nachdem sie sich geeinigt hatten, daß in der Nähe des Père Lachaise noch ein Haus offen sein müßte.

»Die nehmen wir mit!« krähte Jacque, der Internist. »Gisèle hat uns doch immer gesagt: Der beste Unterricht ist die Anschauung!«

In diesem Augenblick bog ein Mann um die Ecke und blieb einen Augenblick stehen, um die Szene, die sich ihm bot, genau zu betrachten.

»Ein neuer Lustlümmel!« schrie Fioret von seinem Bordstein aus. »Gehen Sie mit, Kamerad? 300 Francs kostet es bei Madame Blichet, kleine Waschungen mit Parfüm einbegriffen!«

Der einsame Mann an der Ecke rührte sich nicht. Er blickte zu uns herüber, er sah mich an, wie es mir schien, musternd, kritisch, abwägend, was er von mir halten sollte, nachdenkend, ob ich in diese Gesellschaft paßte und welche Rolle ich in ihr spielte.

Pierre Laroche, der Fachmann für Mammakarzinome, begann, sein Geld zu zählen. Er hielt uns seine Geldbörse entgegen und schüttelte den Kopf. »Nur noch 200 Francs, Kinder!« sagte er traurig. »Damit komme ich bei Madame Blichets Mädchen nicht weiter als bis zur Gürtellinie.«

Fioret kreischte vor Vergnügen. Ich stand ein wenig abseits, an die Hauswand gelehnt und schämte mich vor dem Blick des einsamen Mannes, der jetzt zögernd herantrat und vor mir den Hut zog.

»Kann ich etwas für Sie tun, Demoiselle?« fragte er. Er blickte dabei auf Pierre Laroche, der sich von der Bordsteinkante erhoben hatte und auf uns zu torkelte.

»Weitergehen!« schrie Laroche. »Lassen Sie das Mädchen in Ruhe! Das ist kein 300-Francs-Mädchen, sondern eine Doktorin der Medizin!«

Der Fremde sah mich erstaunt an. Schon in diesem Augenblick durchfuhr mich das Zittern, als ich seine Augen sah, jenes Zittern, welches ich immer spürte, wenn er sich über mich beugte und seine Augen den meinen ganz nahe waren.

»Sie sind eine Kollegin?« Er verbeugte sich leicht. »Dr. Gaston Rablais.«

»Dr. Gisèle Parnasse«, antwortete ich schwach.

Laroche winkte mit beiden Armen die anderen herbei. »Heran!« schrie er. »Herbei, ihr Völker! Hier ist ein Bruder gekommen!«

Dr. Rablais sah sich um und musterte die schwankenden Gestalten, die vom Straßenrand auf ihn zutaumelten. »Wohl ein ausgedehnter Kommers, was?« fragte er lächelnd.

»Wir feiern unser Diplom«, schrie Fioret schrill. »Und jetzt will ich zu Madame Blichet!«

»Dann haben Sie wohl nichts dagegen, wenn ich Dr.

Parnasse aus Ihrer sexualerregten Mitte herausnehme und nach Hause bringe«, meinte Dr. Rablais und faßte mich unter. »Ich garantiere für eine unbeschädigte Abgabe«, fügte er sarkastisch hinzu, als er Pierres kritisches Gesicht sah.

»Ehrenwort?« rief Vince. »Sind Sie ein Ehrenmann?«

»Ehrenwort!«

»Dann los, Kinder!« Laroche setzte sich an die Spitze. »Madame Blichet wird Überstunden machen müssen!«

Singend zogen sie ab und bogen um die nächste Ecke. Noch lange dröhnte ihr Gesang durch die stillen Straßen und strich über die geschlossenen und geöffneten Fenster, über diese Fenster, hinter denen nackt wegen der Hitze die Menschen schliefen.

Ich stand allein mit Dr. Gaston Rablais in der Rue Vancours, einer kleinen Querstraße des großen Boulevard Raspail, nahe dem Gare Montparnasse.

»Wohin darf ich Sie bringen, liebe Kollegin?« fragte Dr. Rablais. »Ich nehme an, daß Sie müde sind und erschöpft von dem lauten Trubel Ihrer jungen Freunde.« Er zog mich mit sich fort, ohne abzuwarten, was ich antworten würden, und ich sah, daß er den Weg zum nahen Jardin du Luxembourg einschlug. »Als ich mein Diplom feierte«, plauderte er weiter, »waren wir zu fünfzehn! Wir saßen am Quai de la Rapée, nahe der Pont de Bercy. Es war auch ein Augustabend wie heute, warm, hell und irgendwie dazu verführend, alle Hemmungen fallen zu lassen. Wir hockten auf der Straße an der Seine, fast wie die Clochards, weil uns der Wirt des ›Flamingo‹ hinausgeworfen hatte. Einer von uns, ein Chemiker, hatte nämlich mit seinem Glas Brandy mittels eines geheimnisvollen Pulvers, das er ins Glas schüttete, eine heftige Explosion verursacht.«

Ich lachte. »Dann waren Sie also nicht anders als wir?«

»Durchaus nicht. Nur hatten wir mehr Achtung vor den

Frauen als die heutige Jugend. Wir waren nur Männer.«

Ja, das sagte er damals. Er sagte es überzeugend: Wir hatten mehr Achtung vor den Frauen. Und als er es sagte, kam ich mir geborgen vor, durchfuhr es mich wie ein ersehntes Glück. Ich empfand keine Angst, als die weiten Rasenflächen und die stillen, dunklen Alleen des Jardins du Luxembourg vor uns auftauchten.

Dr. Rablais blieb plötzlich stehen. »Jetzt sind wir ein ganzes Stück gegangen, ohne uns zu fragen, wohin.« Er ließ meinen Arm los und schob den Hut in den Nacken. »Wo wohnen Sie, Dr. Parnasse?«

»Gerade entgegengesetzt. In Gentilly. Boulevard Kellermann.«

»Dahin fährt jetzt weder ein Bus noch eine U-Bahn noch eine Straßenbahn.«

»Höchstens eine Taxe.«

»Wenn wir Glück haben« – Er schüttelte den Kopf. Dann sah er auf seine Armbanduhr und nickte. »Es ist jetzt nach drei Uhr morgens. In zwei Stunden fahren die ersten Bahnen und die bekommen wir unter Garantie schneller als eine Taxe. Außerdem sind jetzt die Chauffeure so müde, daß es unverantwortlich wäre, Sie ihnen anzuvertrauen. Wir werden die zwei Stunden auch noch angenehm verbringen können.«

Es war alles so selbstverständlich, was er sagte und wie er es sagte, so daß ich nur nickte und mich von ihm in den Jardin du Luxembourg führen ließ.

Wir setzten uns auf eine Bank, dem Palais gegenüber, das in der fahlen Nacht größer, schöner, märchenhafter wirkte als sonst in der strahlenden Sonne. Hinter uns atmeten die Büsche des Lebensbaumes ihren süßlich-scharfen Geruch aus. Vor uns, in den Rasenrabatten, träumten die Rosen mit geschlossenen Blüten. Wir saßen so eine ganze Zeit, ohne zu sprechen.

»Sie sind keine Pariserin?« fragte Dr. Rablais endlich. Ich schüttelte den Kopf.

»Nein, ich komme aus Avignon.«

»Aus dem Land der Troubadoure!« Er lächelte. »Dann sind Sie mit Liebesliedern aufgewachsen?«

»Ich habe leider keine gehört«, sagte ich darauf.

»Leider?« Als ich schwieg, legte er die Hand auf die Lehne der Bank. Ich spürte sie durch mein dünnes Kleid hindurch, als läge sie mir auf dem Rücken. Und dieses Gefühl empfand ich plötzlich als schön oder gar als glücklich – ich weiß nicht, wie ich es beschreiben soll. Ich hatte nur den Wunsch, daß er seine Hand eine lange Zeit dort liegen lasse. Ich würde mich dann langsam zurücklehnen und sie wirklich fühlen. Es mußte herrlich sein! Ich kam mir vor wie ein kleines, dummes Mädchen, das von weitem seinen Schwarm aus dem Gymnasium kommen sieht.

»Wollen Sie sich spezialisieren?« fragte er. »Vielleicht Kinderärztin?«

»Nein. Ich dachte an Anästhesie.«

»Das ist ein schweres Brot, schöne Kollegin. Und dazu müssen Sie noch zwei Jahre mehr studieren.«

»Das will ich auch. Es gibt so wenig gute Anästhesie-Fachkräfte.« Ich schaute zu ihm auf und schauderte wieder vor seinen Augen zusammen. »Sie sind Chirurg?«

»Ja.« Er musterte mich verblüfft. »Woran sehen Sie das?«

»An Ihren Händen. Sie sind zartgliedrig, aber doch kräftig. Eigentlich aber ist es mehr eine Vermutung gewesen.«

Dr. Rablais nickte und sah seine Hände an. Er streckte sie weit vor und ließ die Finger auf und ab spielen, als spiele er auf einer unsichtbaren Klaviertastatur. »Es stimmt«, sagte er langsam. »Es soll vorkommen, daß jemand sich in Hände verlieben kann.«

»Sie sind in Ihre Hände verliebt?« fragte ich verblüfft.

Dr. Rablais schüttelte den Kopf. »Ich würde es jetzt, seit einer Stunde vielleicht, bestreiten. Bestimmt würde ich es bestreiten! Jetzt liebe ich plötzlich etwas anderes.«

Ich wagte nicht zu fragen, was dieses »etwas anderes« sein könnte. Ich wußte es, und weil ich es wußte, schwieg ich und fieberte der weiteren Entwicklung der Dinge entgegen, wie etwa ein Atomforscher, der 30 000 000 Elektronenvolt in seinem Oszilloskop sieht und weiß, daß jeden Augenblick sein Labor in die Luft fliegen kann, und der trotzdem wie gebannt auf die pendelnden Zeiger starrt und wartet . . . wartet . . . gefangen von der Ungeheuerlichkeit des Wissens.

Aber so war eben Gaston Rablais. Ich erkannte es später und war immer wieder von neuem fasziniert von diesem schroffen Wechsel einer fast pathologischen Liebe. Er konnte etwa zu mir kommen, in das Zimmer stürzend, mit glücklichen, fast kindlichen Augen, aufgeregt und enthusiasmiert, und mir eine blitzende Zange zeigen. »Eine neue Rippenschere!« rief er dann. »Kind, mit ihr kann man sechs Sekunden schneller eine Rippe resektieren! Sechs Sekunden! Daran kann das Leben von Hunderttausenden hängen! Ein wundervolles Ding! Ich liebe es!« Und er tat es. Er liebte diese Rippenschere und trug sie mit sich herum wie ein Kleinod.

Oder ein anderes Mal: Er saß in seinem Zimmer in der Klinik und las in einem Buch. »Ein Amerikaner hat entdeckt, wie man eine Koronar-Thrombose auf chirurgischem Wege abwendet! Es ist die Entdeckung des Jahrhunderts! Gisèle, dieses Buch ist zum Verlieben!« Und er trennte sich nicht von dem Buch, bis er etwas anderes entdeckte, was eine neue Liebe voll in Anspruch nahm. Aber immer war es etwas Außergewöhnliches, dem er seine Zuneigung schenkte, etwas Ausgefallenes, Einmaliges.

Damals, auf der Bank im Jardin du Luxembourg, wußte ich das alles noch nicht. Als er sagte, er liebe etwas anderes, da glaubte ich, ich sei der glücklichste Mensch der Welt und wartete darauf, daß er mich umfing und küßte. Und hätte er mich an diesem frühen Morgen in ein Stundenhotel geführt, ich wäre ihm gefolgt, ohne Zögern, ohne Hemmungen, ohne Reue. Vielleicht, weil es seine Augen waren, die mich ergriffen, seine Hände, sein herrischer Mund, seine große, schlanke Gestalt, sein ganzes Wesen . . .

Aber er tat es nicht. Er zog die Hände wieder an sich und beugte sich ein wenig vor.

»Gleich vier Uhr«, sagte er. »Ganz in der Nähe macht jetzt Monsieur Blondel seine Kneipe auf. Die Milchfahrer trinken dann bei ihm eine Bouillon oder einen heißen Pinard. Auch einen guten Kaffee braut er zusammen. Wir sollten zu ihm gehen.« Er sah mich an. »Einverstanden? Es ist gleich in der Rue Chervaise, neben der Rue d'Assas.«

»Wie Sie meinen«, sagte ich steif, denn ich war plötzlich enttäuscht von diesem Mann, der so männlich war und sich dann so – wie soll ich sagen – altmodisch benahm, als seien wir Menschen aus einer Welt, die man nur noch in den Filmen Sascha Guitrys sieht.

Wir erhoben uns, er nahm wieder meinen Arm, und wir gingen aus dem Park hinaus auf die fahl im ersten Morgenlicht liegenden Straßen, durch die die Frühaufsteher schlichen, noch müde, unausgeschlafen, halb an das Bett denkend. An der Ecke der Rue de Vaugirard stand ein Mädchen, grell geschminkt, und verhandelte mit einem Betrunkenen. Der letzte späte Kunde vor dem Morgenrot, die letzten 100 oder 200 Francs. Der Preis richtete sich nach der Ausstattung des Zimmers und den speziellen Wünschen des Kunden.

Dr. Rablais sah meinen Blick auf das geschminkte Mädchen und zog mich weiter. »Auch morgens quieken die

Ratten«, sagte er leise, und diese Worte, dieser Sarkasmus waren es, die ihn für mich begehrenswert machten, die in mir das Lustgefühl erweckten, ich möge so sein, wie dieses Mädchen da an der Ecke, um zu ihm sagen zu können: »Gaston, komm, du sollst es umsonst haben!«

Aber wir waren sittsam und gingen in die Kneipe des Monsieur Blondel, eines dicken, schmierigen Wirtes, der Dr. Rablais freudig begrüßte und ihm die Hand schüttelte. Mir nickte er zu und verschwand dann hinter der Theke in der Küche, um einen starken Kaffee zu kochen. Dr. Rablais schien hier bekannt zu sein, und ich erfuhr, als wir uns setzten, auch wieso.

»Blondel ist mir zu ewiger Dankbarkeit verpflichtet«, sagte Gaston und warf seinen Hut an einen eisernen Haken. »Vor zwei Jahren kam seine Frau des Nachts in unsere Klinik. Ich hatte Dienst und untersuchte sie. Als ich mit Blondel dann auf dem Flur sprach und ihn anbrüllte, er solle nächstens nicht mehr versuchen, mit einer Stricknadel . . . na, Sie verstehen, Dr. Parnasse . . . , da fing er an zu wimmern und flehte mich an, ihn nicht anzuzeigen und seine Frau zu retten. Irgendwie hatte ich Mitleid mit dem Mann. Er hatte bereits 10 Kinder, und seine Frau litt an Angina pectoris. Ich schwieg also. Sie wurde behandelt und nach vier Tagen entlassen. Seitdem bekomme ich hier einen vorzüglichen Kaffee zu einem in Paris unvorstellbaren Sonderpreis, nämlich umsonst!«

Er lachte wieder, und auch sein Lachen liebte ich jetzt und ließ mich von seiner Stimme tragen, als sei sie eine liebkosende Musik in einem verschwiegenen Boudoir.

Nach dem Kaffee traten wir wieder hinaus in den jetzt erwachten Tag. Ich sah mich um. Ich war müde und sehnte mich nach meinem Bett und nach den Träumen, in denen bestimmt Dr. Rablais eine Rolle spielen würde.

»Was suchen Sie, Dr. Parnasse?« fragte er. Wir standen

auf der Rue d'Assas. Ich lachte und tat so, als habe ich die ganze Zeit darauf gewartet.

»Ein Taxi! Sie sagten doch, ab sechs Uhr wäre es leichter, einen Wagen nach Gentilly zu bekommen.«

»Das stimmt. Aber warum wollen Sie eine teure Taxe nehmen? Kommen Sie, ich bringe Sie nach Hause.«

Wir wanderten durch die noch morgenstillen Straßen bis zum Gare Montparnasse. Dort führte mich Dr. Rablais zu einem Parkplatz und schloß eine große, hellblaue Limousine auf. Als er meine fragenden Blicke sah, nickte er und lächelte wie verzeihend.

»Mein Wagen, liebe Kollegin!«

»Sie haben einen Wagen? Und er stand ganz in der Nähe? Und Sie reden mir ein, daß morgens um drei Uhr keine Möglichkeit besteht, hinaus nach Gentilly zu kommen? Sie setzen sich mit mir in den Jardin du Luxembourg, gehen zu dem ekeligen Blondel, und dabei haben Sie . . .«

Er wischte mit der Hand durch die Luft und schnitt mir so die Worte ab. »Nicht böse sein«, sagte er bittend. »Ich fand es so nett, mit Ihnen den Morgen von Paris zu erleben. Wie schade wäre es gewesen, wir hätten uns schon nach zehn Minuten getrennt.«

So lernte ich Dr. Gaston Rablais kennen. Gaston, der von dieser Nacht, dieser harmlosen Nacht im August an nicht mehr aus meinem Leben trat, bis er in Juan les Pins sagte, er führe weg nach New Orleans. Weg mit Brigit, meiner kleinen Schwester . . .

Wenn ich sagen würde, die vergangene Nacht hätte bei mir keine Spuren hinterlassen, so müßte ich lügen.

Gaston Rablais hatte sich als vollkommener Ehrenmann gezeigt. Das hatte er jedoch gar nicht nötig gehabt; denn als ich mit ihm im Jardin du Luxembourg auf der Bank saß und später an Blondels klebriger Theke hockte, um zum erstenmal zu sehen, wie eine Großstadt wie Paris erwacht und die abenteuerlichsten Gestalten aus allen Winkeln kriechen, schon in dieser Nacht hätte es genügt, mich schwach werden zu lassen, wenn Gaston den Arm nur ein wenig fester um mich gelegt und etwa meine Brust berührt hätte.

Nein, ich bin kein Mädchen, das man sofort nach einer kurzen Bekanntschaft auf die Couch oder ins Bett legen kann. Aber ich bin auch keine unbescholtene Jungfrau mehr. Das kann man in meinem Alter nicht mehr verlangen, vor allem nicht als Medizinstudentin und schon gar nicht, wenn man in Paris studiert. Ja, damals, als ich von Caissargues wegging in die Großstadt, was für das Weinörtchen in der Provence fast wie ein Fest wurde, denn wieder hatte es jemand aus der Gemeinde geschafft, ein Studierter zu werden, damals, als mich Vater und Mutter zu dem Bummelzug nach Arles brachten, wo ich umsteigen mußte nach Paris, ja, da war ich noch das, was man »ein weißes Kleid« nennt.

Es hat lange gedauert – fast über ein Jahr –, bis der erste Mann meinen Körper streicheln durfte und das »weiße Kleid« Flecken bekam. Es war pure Neugier gewesen, denn alle meine Kommilitoninnen erzählten »davon«; vor allem nach einem langen Wochenende, welches sie – nach ihren Berichten – fast nur im Bett unter einem Mann verbracht haben mußten.

Nun hatte ich es auch versucht und – war enttäuscht. Jeróme Puissaque hieß er – ich weiß es noch – und arbeitete als wissenschaftlicher Assistent bei Prof. Laudonne, dem Hämathologen an der Sorbonne. Ein charmanter, aber windiger Südfranzose aus einem Ort nahe der spanischen Grenze, direkt an den Pyrenäen. Er war ein Liebhaber mit großem Feuer, aber ohne Ausdauer. Nach einem gestenreichen Vorspiel folgte die Hauptsache, und die war von einer Schnelligkeit, die mich an die häuslichen Karnickel im

Stall erinnerte. Aber Jeróme sagte nachher: »Du machst mich verrückt, Gisèle! Ich verliere einfach die Beherrschung! Wenn ich deinen Körper sehe, rauscht mir das Blut in den Ohren.«

»Deshalb bist du auch Hämathologe!« hatte ich damals sarkastisch geantwortet.

Die Verbindung hielt zwei Wochen. Dann riß sie abrupt ab, weil ich nicht einsah, warum nur immer er seinen Spaß haben sollte und ich nur das Gefühl empfand, ein männlicher Leib belaste mich unnötig.

Man kann es mir glauben: Ich wurde keine Männerfresserin. Aber ich bin auch kein Mädchen, das die Beine eisern zusammenkneift, wenn der Mann, der ihr gefällt, seine Hand auf ihre Knie legt und sie zu streicheln beginnt. Ich gestehe es – wie ich heute so viel noch zu gestehen habe –, daß ich eine schwache Moralität entwickele, wenn ich in mir das prickelnde Gefühl spüre, jetzt wäre es an der Zeit nachzugeben und nichts anderes mehr zu sein als ein sehnsüchtiger Körper.

Das ist nicht immer so. Ich habe mich genau beobachtet, mit wissenschaftlicher Akribie gewissermaßen, als ein eigenes Forschungsobjekt für sexualmedizinische Studien. Sogar eine Statistik hatte ich aufgestellt und daran erkennen können, daß meine Liebesbereitschaften in Intervallen ablaufen. Vorhanden war die Freude, mit einem Mann zusammen zu sein, immer, nahezu unterbrechungslos. Dann jedoch gab es Tage, in denen etwas Raubtierhaftes in mir erwachte. Man sah es mir nie an. Im Gegenteil. Spürte ich diese Intervalle kommen, wurde ich besonders verschlossen. Wenn aber dann der richtige Mann in mein Leben eingegriffen hätte, wäre es wie die Befreiung aus einem Käfig geworden.

Bei Dr. Gaston Rablais, damals im Jardin du Luxembourg, war ich in eine Phase geglitten, die mich an den

Rand einer Dirne brachte. Aber er merkte es Gott sei Dank nicht. Hätte er gesagt: »Komm, wir gehen zu mir«, ich wäre mitgegangen.

Gaston hat es nicht gesagt. Er wollte ein Ehrenmann sein, wie er es meinen jungen Kollegen versprochen hatte. Genau das aber war es, was eine unheimliche Sehnsucht in mir aufkeimen ließ. Ich setzte mich an das Fenster unserer kleinen Wohnung in Gentilly, wartete, bis meine kleine Schwester Brigit erwachte, machte ihr das Frühstück und sorgte dafür, daß sie pünktlich zu ihrer U-Bahn und zur Kunstakademie kam.

»Wie war's gestern?« fragte sie, ihr Croissant kauend, das sie nach jedem Bissen in einen Honigtopf tunkte. Sie konnte sich das bei ihrer sylphidenhaften Figur leisten. Ein blondes Püppchen mit einem Schmollmund, den sie durch Lippenrot noch unterstrich. Ihre Lippen sahen immer aus, als wollten sie küssen.

»Gewaltig!« antwortete ich burschikos. »Ein Bett habe ich noch nicht gesehen. Als du aufwachtest, war ich gerade nach Hause gekommen.«

»So ein Doktordiplom ist etwas feines, was?« Sie sagte es so kindlich, daß man den Drang hatte, sie auch wie ein Kind zu liebkosen. »Wann feiern wir zusammen, Gisèle?«

»Wenn der ganze offizielle Kram vorbei ist. Morgen muß ich zuerst zu Prof. Bocchanini und sehen, ob ich die Stelle als Anästhesistin auch bekomme. Zugesagt hatte er, aber natürlich will er erst einmal in der Praxis sehen, was ich kann. Wenn das alles vorbei ist, Brigit, dann hauen wir zwei auf die Pauke.«

»So richtig, Gisèle? Mit Männern?«

»Schwesterchen!«

»Was ist denn?« Sie stand auf, kaute noch an ihrem Croissant und trank die Tasse Kaffee leer. »In der Akademie sehen wir täglich eine ganze Reihe nackter Männer. Nicht auf Bildern, sondern in Natur, im Aktstudio. Ein Mann ist etwas Schönes.«

Das aus dem Mund meiner kleinen Schwester! Ich tat entsetzt und hielt sie am Rocksaum fest. »Hast du schon . . .?« fragte ich wie eine Mitverschwörerin. »Brigit, Kindchen . . .!«

»Ja!« sagte sie einfach und entzog sich meinem Griff. »Warum nicht, Fräulein Doktor? Nach medizinischen Begriffen bin ich schon lange geschlechtsreif.«

»Wie redest du blöd!« rief ich laut. »Als ich so alt war wie du . . .«

»Du! Du! Der große Engel! Wenn ich dich genau betrachte, bist du bereits die Generation von gestern. Wir leben heute freier, unkonventioneller, vernünftiger . . . wir Jungen . . .!«

Wir Jungen! Sie sagte tatsächlich: Wir JUNGEN!

War ich schon alt? Ist man, wenn man die Mitte der Zwanzig überschritten hat, schon nicht mehr jung?

Ich wartete, bis Brigit aus dem Haus war, zog mich dann aus, duschte mich und stellte mich vor den großen Spiegel in der Diele.

Ich konnte stolz sein: Mein Körper war wohlgeformt und glatt. Ich hatte schöne Brüste, fest und nicht zu groß, aber auch nicht zu klein. Ich besaß schmale Hüften und lange Beine mit schlanken Schenkeln. Und wie oft hatte ich gehört: Du machst mich verrückt, Gisèle! Immer diese Vokabel, die anscheinend zum Repertoire jedes Mannes gehört: Du machst mich verrückt!

Solange ein Mann das zu mir sagte, war ich jung! Was bedeuten da Alterszahlen?

Ich zog einen Bademantel über meine Nacktheit und drehte mich vor dem Spiegel wie ein Mannequin. Ob Gaston auch einmal zu mir sagen würde: Du machst mich verrückt? Sicherlich nicht. Er würde weniger ausgefahrene Komplimente haben. Zärtlichere Worte. Vielleicht auch klügere Worte, obwohl Liebe mit Klugheit nichts mehr zu tun hat.

Liebe!

Zum erstenmal blitzte dieses Wort bei mir auf.

Liebe! Kann man einen Mann, den man erst ein paar Stunden kennt, lieben? Oder ist das nur ein sinnzerreißendes Begehren? Gibt es das wirklich: den Blitzschlag ins Herz?

Ich trank unlustig den etwas kalt gewordenen Kaffee aus und legte mich dann aufs Bett. Bis 15 Uhr war noch viel Zeit. Um 15 Uhr nämlich wollten wir uns alle wieder treffen. Laroche, Fioret, Jacque, Vince, Aldai, Jean und ich. Zu einem Entnebelungskaffee, wie es Laroche nannte. Zu einem Aperitif, der die vergangene Nacht aus den Gehirnwindungen treiben sollte.

Ich schlief tatsächlich ein, trotz der verrücktesten Gedanken, die sich nur mit Gaston Rablais beschäftigten. Als ich gegen Mittag aufwachte, lag ich auf dem Rücken, die Hände flach zwischen die Schenkel geklemmt. Ich hatte natürlich von Gaston geträumt, und meine Hände waren im Traumgefühl seine Hände gewesen . . .

Im »Café Mon Dieu« warteten sie schon alle auf mich.

Das »Café Mon Dieu« hieß gar nicht so, sondern »Café St. Pierre«, aber Fioret hatte es so umbenannt wegen Lisette, der drallen Kellnerin. Falls man ihr, wenn sie zwischen den runden Marmortischen herumlief und bediente, unter den kurzen Rock griff – und das hatten bisher einige Semester der Sorbonne mit schöner Regelmäßigkeit getan –, kreischte sie ebenso regelmäßig auf und schrie »Mon Dieu!«

Was war natürlicher, als daß man das »Café St. Pierre«

in »Café Mon Dieu« umtaufte?

Meine Kommilitonen sahen sehr matt und abgewrackt aus, als ich mich zu ihnen setzte. Sie hatten mir einen Stuhl freigehalten. Fioret sprach, wie immer, und erklärte die Lage.

»Der Puff von Madame Blichet ist eine Wucht!« erklärte er. »Schon die Lage, chérie: Direkt dem Père Lachaise gegenüber! Wenn man aus dem Fenster blickt – nur Grabsteine! Das gibt eine geradezu perverse Stimmung. Dort die Toten, und hier im Bett geht's hyperlebendig zu! Raucht man zwischen zwei Bumsern eine Zigarette und geht dabei ans Fenster – Grabsteine. Da wird einem erst richtig bewußt, wie herrlich es ist, lebendig und gesund zu sein, und man hüpft sofort wieder ins Bett auf die Kleine. Aber die verdammten Luder kennen diese stimulierende Wirkung des Friedhofes. Das ist von Madame Blichet alles einkalkuliert. Ich sage dir, Gisèle: So etwas von Puffpsychologie findest du nie wieder.«

Er unterbrach sich, trank einen Picon noir und schnaubte durch die Nase. Seine Freunde hingen trübsinnig in den Stühlen. Sie waren übernächtigt und ausgehöhlt von Madame Blichets fleißigen Mädchen.

»Die Lage ist nun allgemein beschissen!« fuhr Fioret fort. »Wir bekamen bei allem Kratzen in unseren Taschen nur 370 Francs zusammen. Und was macht die Rechnung? 1550 Francs! Die haben gearbeitet wie in der Fabrik, mit Stechuhren. Jeder neue Anlauf eine neue Taxe! Da hat sich was in dieser Nacht summiert, Gisèle. Und wir stehen da mit leeren Taschen und Beuteln. Kennst du Madame Blichet? Gott sei Dank nicht. Sie wollte die Polizei rufen. Sie brüllte wie ein gestochenes Walroß. Bis sie erfuhr, daß wir alle junge Ärzte sind und unser Diplom feierten. Ausgerechnet bei ihr! Da wurde sie milder und stimmte einem Kompromiß zu: Laroche mußte wieder auf die Zimmer und als Gynäkologe ins Dritte Auge blicken. Bei allen!«

»Es war fürchterlich!« sagte Pierre Laroche müde. »Nach einer solchen Nacht! Man konnte zum Vaginahasser werden!«

»Dann kam ich dran!« Fioret räusperte sich. »Hals-Nasen-Ohren. Der Fünf-Löcher-Doktor. Als nächster Vince, der Internist. Dann Aldai als Lungenfachmann. Am besten hatte es Jean, denn er ist ja Neurologe. Er ließ sich Kreide geben, zog quer durch das Wartezimmer von Madame Blichet einen Strich und befahl allen Mädchen, mit geschlossenen Augen darüber zu gehen. Sie schafften es alle. ›Sie haben die besten Strichmädchen von Paris, Madame!‹ sagte er dann auch noch. Ich denke, jetzt zerreißt uns Madame. Aber sie lachte schallend und warf uns dann aus dem Haus.«

Fioret griff Lisette, die gerade an unserem Tisch vorbeihuschte, unter den Rock. Prompt quietschte sie: »Mon Dieu!«

»Für alle noch einen Pastis!« schrie Fioret. »Meine Lieben! Das muß gefeiert werden! Unser erstes Honorar als Arzt bei Madame Blichet. Wenn das kein guter Anfang für eine Weltkarriere ist . . .«

Es wurde ein fröhlicher, lauter, am Ende sehr schweinischer Nachmittag, wie immer bei Fioret und Genossen. Ich machte mit, ich war ja in ihrer Clique. Für sie war ich quasi geschlechtslos, ein Kumpel wie sie. Aber ich muß an diesem Nachmittag ein schlechter Genosse gewesen sein. Ich dachte immer an Gaston Rablais. Ich versuchte mir seine Augen vorzustellen. Wie sie sich verändern könnten in der Ekstase der Umarmung.

Ich habe es jedesmal erlebt, daß sich die Augen eines Mannes in diesen Sekunden verändern. Die Farbe der Regenbogenhaut verändert sich. Hellblaue Augen werden tiefdunkelblau, braune fast schwarz, grau-grüne beginnen zu phosphoresieren. Es ist faszinierend, in diesen Sekunden in die Augen eines Mannes zu blicken. Aber welche Frau kann das dann noch?

Gaston Rablais. Ich bin verrückt. Verzeihen Sie mir. Sie waren gestern ein vollendeter Kavalier mit kleinen Mogeleien. Ein charmanter Nachtbegleiter.

Daß Sie die Stunde im Jardin du Luxembourg nicht ausnutzten, war verdammt anständig von Ihnen.

Aber dumm!

Zwei Tage später sah ich Gaston wieder. Nicht, weil wir uns verabredet hatten, denn wir hatten beim Abschied an jenem Morgen ausgemacht, uns erst am kommenden Sonntag wieder zu treffen, sondern durch einen dummen Zufall, dessen sich das Schicksal so oft bedient, um Menschen zueinander, aber auch auseinander zu bringen.

Ich hatte mich bei Prof. Dr. Bocchanini melden lassen, um an der Klinik meine Kenntnisse in der Anästhesie zu vervollständigen. Bocchanini war ein bekannter Chirurg, und bei ihm und seinen großen Operationen konnte ein junger Arzt am besten lernen, was es heißt, die richtige Narkose zu geben und das Befinden der Frischoperierten zu überwachen.

Als ich in dem großen Gebäude durch die langen, weißen, nach Desinfektion riechenden Gänge geführt worden war und in das Zimmer des Chefarztes eintrat, war Prof. Bocchanini nicht anwesend, sondern nur sein Oberarzt. Zuerst bemerkte ich ihn nicht in dem großen Zimmer. Dann aber, als ich die Tür etwas geschlossen hatte, schrak ich zusammen und schüttelte die Haare aus der Stirn.

Dr. Gaston Rablais trat mir entgegen.

»Sie?« fragte ich gedehnt.

»Ist es Ihnen nicht recht? Der Chef ist auf einem Chirurgenkongreß in Köln. Ich vertrete ihn. Sie müssen wohl oder übel mit mir vorlieb nehmen.« Er zeigte auf einen Stuhl vor dem großen Schreibtisch, der übersät war mit Röntgenplatten und Krankheitsgeschichten. »Aber bitte, setzen Sie sich doch, liebe Kollegin.«

Ich nahm Platz und holte meine Papiere aus der Tasche. Rablais winkte ab. »Das geben Sie bitte bei der Verwaltung ab. Ich habe nur Ihre ärztlichen Kenntnisse zu prüfen, aber auch das fällt ja fort – in unserem Falle.«

Er betonte das »unser« so stark, daß ich fühlte, wie ich rot wurde.

»Ich kann also als Anästhesieassistentin anfangen?« fragte ich. Bewußt gab ich meiner Stimme einen neutralen, dienstlichen Ton.

»Schon morgen. Übrigens, was machen Sie heute abend?«

»Ich bin verabredet«, sagte ich steif.

»Mit Pierre? Oder Fioret? Oder einem anderen dieser Säuglinge?«

»Sie sprechen von Kollegen, Herr Oberarzt.«

»Verzeihung.« Er verbeugte sich im Sitzen. »Ich habe nämlich gedacht, daß Sie zur Einarbeitung heute abend in die Klinik kommen. Wenn Sie morgen vor den neuen Apparaten sitzen, werden Sie keine gute Figur machen. Trotz Ihrer Figur«, setzte er lächelnd und sarkastisch wie immer hinzu. »Deshalb wollte ich Ihnen heute abend während einer kleinen Operation – es ist eine Magenverkürzung – die neuen Anästhesieapparate erklären und Sie in Geheimnisse unserer Klinik einweihen. Er hob die Arme. »Aber bitte, wenn Sie besetzt sind – machen wir es morgen!«

Ich erhob mich. Die Sicherheit, die er ausstrahlte, ärgerte mich etwas, obgleich ich sie im gleichen Augenblick bewunderte. »Bedaure sehr, Herr Oberarzt. Ist sonst noch etwas?«

»Nein. Sie können gehen.«

»Auf Wiedersehen.«

»Bis morgen«, sagte er hämisch.

Ich komme nicht heute abend, dachte ich wütend. Und wenn du noch so sicher bist: Ich komme nicht! Ich gehe mit Pierre aus, obwohl ich mich gar nicht mit ihm verabredet habe! Aber jetzt tue ich es! Ich gehe mit Pierre aus! Mit Pierre! Jetzt gerade! Die ganze Nacht, mein Herr Oberarzt Dr. Gaston Rablais!

Und abends um halb neun Uhr, zehn Minuten vor Beginn der Operation, die Gaston leitete, stand ich im grünen, sterilen Kittel im Vorraum des OP und wusch mir die Hände neben Gaston in den großen, gefließten Becken.

»Hat Pierre Sie versetzt?« fragte er, indem er seine Arme mit Seife abschrubbte. »Ein Flegel! Ich würde mich an Ihrer Stelle nie wieder mit ihm verabreden!«

Ich biß mir auf die Zunge. Ich wurde rot vor Wut, aber ich schwieg. Ich ließ mir den Mundschutz umbinden und die grüne Haube auf die Haare pressen. Gaston trocknete sich die Hände und Arme an dem antiseptischen Heißlufttrockner ab, ehe er in seine Gummihandschuhe schlüpfte und eine Schwester ihm die lange, gelbe Gummischürze umband. Ein Assistent hatte bereits mit der Narkose begonnen. Ich durfte nur zusehen und saß wie ein lästiges Anhängsel neben dem Assistenten hinter dem Kopf des Patienten.

Zum erstenmal sah ich Gaston operieren. Wenn es auch eine Routineoperation war, so war es doch ein Genuß, dem Spiel seiner Finger zuzusehen, wie sie die Klammern einsetzten, die Scheren hielten, das Skalpell führten, die Nähte anlegten, wie sie in diesen schmerzfrei gemachten Menschen hineingriffen und sein Leben retteten. In diesem Augenblick verstand ich ihn: Man konnte sich in seine Hände verlieben, denn sie waren Ausdruck seiner Seele und einer helfenden Kunst, die ein Geschenk Gottes ist.

Nach der Magenverkürzung saßen wir allein in dem Zimmer Bocchaninis zusammen und rauchten eine Zigarette. Im OP wurde noch geputzt. Der Assistent wachte bei dem Operierten, die Oberschwester sorgte für die Sterilisation der Instrumente. Sonst schlief alles in dem großen Bau bereits, nur in den Zimmern der Sterbenden war Licht, ein mattes, kleines Licht, das die vergehenden Züge der Menschen und die Tränen der herumsitzenden Angehörigen linderte.

»Haben Sie gesehen, wie die Apparate arbeiten? Das ist nur eine rein technische Angelegenheit. Der Narkotiseur muß ein Gefühl dafür haben, welche Narkose und wie stark er sie anwendet. Er muß erfinderisch sein wie der Chirurg, der seine Operationsmethoden ständig verbessert. Wir können heute schwierige Herzeingriffe nur mit Hilfe guter Anästhesisten unternehmen, die in der Unterkühlungsmethode ebenso gut Bescheid wissen wie in der Curare-Narkose, der Lumbalanästhesie und vor allem der Intubationsnarkose.«

»Ich werde mir Mühe geben, Herr Oberarzt«, antwortete ich. Er sah mich groß an und schüttelte den Kopf.

»Was haben Sie, Gisèle?« fragte er. »Warum ärgern Sie sich. Worüber ärgern Sie sich?« Er kam um den großen Schreibtisch herum und setzte sich zu mir auf die Lehne des Sessels. »Ist es wegen Pierre?«

»Pierre?« fragte ich verständnislos.

»Ja, weil er Sie heute versetzt hat und Sie in die Klinik mußten.«

»Sie sind gemein, Dr. Rablais«, sagte ich ehrlich.

»Oder war es gar nicht Pierre?«

»Fragen Sie nicht. Es ist meine Privatangelegenheit.«

»Sicher, sicher. Ich weiß, Gisèle . . .« Und plötzlich beugte er sich zu mir herab umfing mich und küßte mich. Und während er mich küßte, tasteten seine Hände über

meine Schulter und fuhren die Brüste hinab, wo sie liegen-
blieben und zu streicheln begannen. Ich stieß ihn zurück
und sprang aus dem Sessel. In diesem Augenblick spielte
ich ein gutes und anstrengendes Theater, denn ich liebte
dieses zarte Streicheln und war beglückt, seine Hand auf
meiner Brust zu fühlen.

»Ist das die Einweisung in die Grundbegriffe, Herr
Oberarzt, von der Sie heute morgen sprachen?« rief ich.
»Eine neue Narkosemethode vielleicht? Hypnose durch
Massieren der Mamma?«

»Gisèle! Er richtete sich auf und trat auf mich zu.
»Warum sind Sie so ordinär wie Pierre Laroche oder dieser
widerliche Fioret?«

»Ist es nicht ordinär, mich unter dem Vorwand wissenschaftlicher Arbeit hierher zu locken, um mich dann zu
küssen?«

»Es war kein Vorwand. Und übrigens habe ich mit dem
Kuß nur nachgeholt, was ich im Jardin du Luxembourg
versäumt hatte.«

»Und warum haben Sie es versäumt?«

»Weil ich mir nicht sicher war, ob Sie den Kuß als das
ansehen würden, was er sein soll, nämlich als ein Versprechen der Liebe.«

»Und jetzt wußten Sie es?«

Er nickte. »Ja. Denn sonst wären Sie heute abend nicht
gekommen, weil Sie genau wußten, daß ich Sie küssen
würde.«

Seine Überlegenheit war furchtbar und beglückend zugleich.

In dieser Nacht blieb ich in der Klinik. Nicht im Zimmer
von Professor Bocchanini, sondern in Gastons Zimmer,
das etwas abseits, in dem großen Gebäudeflügel der chirurgischen Abteilung, lag.

Er hatte mich nach dem Kuß nicht dazu aufgefordert, aber ich spürte, wie er mich aus den Augenwinkeln beobachtete, um zu sehen, was ich jetzt tun würde.

In mir war alles Aufruhr. Seine Hand auf meinen Brüsten, seine Lippen auf meinen Lippen, seine spürbare Begehrlichkeit, seine männliche Ausstrahlung, die fast so greifbar war, daß man sie knistern hören konnte. Das alles machte aus mir das, was ich mir immer für einen solchen Augenblick gewünscht hatte: eine Frau ohne jegliche moralischen Bedenken. Eine Luxusdirne, die es sich leisten konnte, sich hinzugeben, ohne einen Sous dafür zu nehmen. Ich war in diesen Augenblicken bereit, alle Grenzen zu sprengen und Vulkane zu beschämen. Ein Vulkan nämlich bricht nur aus und spuckt Feuer und Lava. Mein Körper aber konnte glühen wie flüssige Erde und gleichzeitig ebenso glühendes Leben empfangen.

Was auf dieser Erde ist gewaltiger und gleichzeitig erschreckender als eine liebende Frau?

Ich tat jetzt etwas, was Gaston nicht erwartet hatte: Ich setzte mich wieder in den tiefen Sessel und schlug die Beine übereinander. Er lehnte sich gegen Bocchaninis riesigen Schreibtisch und starrte schamlos auf meine Schenkel, die sich durch das Kleid drückten.

»Haben Sie ›Liebe‹ gesagt?« fragte ich.

»Sie?« fragte er zurück.

»Gut. Du! Sie . . . du hast mich geküßt. Eine Erklärung hat es dazu gegeben. Eine Art Nachholbedarf . . .«

»Gisèle! Wenn ich sage, ich liebe dich, dann meine ich es ehrlich.«

»Im Zimmer des Klinikchefs?« Ich sah mich um und hob die Schultern. »Ich muß wieder mit den Worten des ordinären Fioret sprechen: Hier gibt es ein Untersuchungssofa und einen breiten Schreibtisch. Beides ist geeignet . . .«

»Sprich nicht weiter!« Gaston hob die Hand. »Gisèle!

Ich habe ein eigenes Zimmer hier in der Klinik.«

»Ich weiß.«

»Wir könnten dort weiterreden. Einen Kognak trinken. Eine Flasche Champagner . . .«

»Allzeit bereit, Gaston?«

»Ich schwöre dir, daß in diesem Zimmer noch keine Frau gewesen ist, die mehr war als eine Patientin.«

»Bei so vielen hübschen jungen Ärztinnen und Krankenschwestern um dich herum?« Ich stand auf und schüttelte den Kopf. »Hat der Herr Oberarzt noch keinen Spitznamen. Etwa ›Der Heilige‹?«

Gaston antwortete nicht auf diesen Spott. Er wandte sich ab, ordnete ein paar Röntgenfotos und räumte Bocchaninis Schreibtisch notdürftig auf. Ich war zur Tür gegangen und lehnte mich dagegen. Das sah verrufen aus, aber ich wollte es so. Ich war ein romantisches Mädchen, aus der Sonne der Provence kommend, aus einem Land, wo Romantik aus jedem Grashalm atmet, aber jetzt wollte ich etwas von der Freizügigkeit der Pariserin beweisen, wollte offen zeigen, daß ich diesen Mann dort drüben, diesen großen, schönen, kräftigen Mann begehrte und mit ihm schlafen wollte.

»Gehen wir?« fragte ich. Meine Stimme hatte sich verändert. Sie bekam einen rauchigen Unterton.

Gaston drehte sich um und starrte mich an. Dann nickte er, drückte auf eine Sprechtaste der Rundsprechanlage und ließ sich mit dem Nachtdienst verbinden.

»Ich bin heute auf meinem Zimmer, Dr. Détouche«, sagte er in dem dienstlichen Ton des stellvertretenden Chefs. »Ich bleibe in der Klinik, aber ich möchte nur im allerdringendsten Notfall gestört werden.«

»Sehr wohl, Herr Oberarzt«, ertönte Dr. Détouches Antwort aus dem Tischlautsprecher. »Und bei Einlieferung von Privatpatienten?«

»Auch dann nur, wenn das wachhabende Team nicht klar kommt.« Er schaltete das Mikrofon aus und blickte zu mir herüber. »Wir werden unseren Champagner in aller Ruhe genießen können, Gisèle.«

In aller Ruhe, dachte ich. Wie kannst du jetzt noch von Ruhe sprechen, Kerl? Ich brenne! Siehst, fühlst, begreifst du das nicht: Ich brenne! Ich sehne mich nach dir, wie . . . wie . . . wie eine Wüste nach einem großen Regen!

Etwas Besseres fiel mir nicht ein. Ich wußte, es war dumm, so etwas zu denken. So etwas Kitschiges. Die Sehnsucht der Wüste nach dem großen Regen! Ich ärgerte mich und klinkte die Tür auf, als sei ich die Dirne, die zum Bett einlädt.

Gaston knipste alles Licht in Bocchaninis Zimmer aus und kam dann nach, hinaus auf den Gang.

»Weißt du, wo mein Zimmer ist?« fragte er.

»Nein.«

»Dann gehe ich voraus, und du folgst mir in Sicht-weite.«

Ich lächelte mokant. Der große Moralist! Wenn bloß die Nachtschwestern nichts merken! Bloß keinen Tratsch in der Klinik. Der »heilige« Oberarzt mit der jungen Anäs-thesistin. Wer hätte das gedacht? Und dann noch im Kli-nikbereich, im Dienstzimmer, während des Nachtdien-stes. Das ist ein halber Weltuntergang.

»Bitte«, sagte ich und trat aus dem Weg. »Ich werde hin-terherschleichen wie eine Katze hinter dem Baldrian.«

Gaston ging wortlos voraus. Ich folgte ihm in angemes-sener Entfernung, bis wir den eigentlichen Untersu-chungs- und Patiententrakt verlassen hatten und zu dem stillen, schlafenden Röntgentrakt kamen, der nur nachts lebendig wurde, wenn Unfälle eingeliefert wurden.

Hier wartete Gaston auf mich, riß mich an sich und küßte mich mit einer Wildheit und Brutalität, daß mir der

Atem stockte. Ich krallte meine Finger in seinen Rücken und spürte die heiße Welle, die mich überspülte.

Ebenso plötzlich ließ er mich wieder los und strich sich über seine Haare.

»Das war für deinen Spott«, sagte er. »Das ist meine Art, zu antworten!«

»Sie gefällt mir«, sagte ich, noch außer Atem. Meine Knie zitterten, die Innenseiten meiner Schenkel zuckten, und zwischen meinen Schenkeln spürte ich ein fast unerträgliches Brennen. Du lieber Himmel, dachte ich. Beherrsche dich, Gisèle! Beiß die Zähne zusammen! Tue nicht das, was du jetzt tun möchtest: Reiß dir nicht die Kleider vom Leib und mach es mit ihm, an die weißlackierte Wand gelehnt. Mitten in der Röntgenstation! Gisèle, schlag dir ins Gesicht, wenn's anders nicht geht.

Es ging anders.

Wir setzten unseren Weg jetzt nebeneinander fort, bis wir in den Teil der chirurgischen Abteilung kamen, wo Bocchanini seine Privatpatienten besonderer Klasse liegen hatte. Auch hier gab es Unterschiede. Kam der Großhändler Maxim Luchelle, so wurde er auf die Privatstation gelegt. Kamen aber ein Minister oder Leute, deren Namen in aller Munde waren, so gab es hier in einem Seitenflügel ein paar Zimmer, die mehr Hotelsuiten glichen als nüchternen Krankenzimmern. Es waren Appartements mit Vorraum, Bad und WC, einem Besuchersalon, wo besonders besorgte Angehörige sogar übernachten konnten, Farbfernsehern und einer Rufanlage direkt zu Bocchanini oder Dr. Rablais. In der Klinik erzählte man sich, daß vor zwei Jahren ein orientalischer Prinz als Privatpatient hier eingezogen war. Er hatte den ganzen Gebäudeteil belegt und vierzehn märchenhaft schöne junge Damen um sich herum einquartiert. Da dem Prinzen nur ein Furunkel an der Schulter ausgeschnitten werden mußte, blieb sein wichtigster Körperteil unversehrt und kräftig genug, um die vierzehn Damen reihum zufriedenzustellen. Ein Krankenpfleger berichtete Wunderdinge aus dem Krankenzimmer, wo ständig zwei oder drei nackte Mädchen am Bett des Prinzen saßen.

Der Furunkel – das sagte man auch – kostete den Prinzen ein Vermögen, gemessen an normalen Maßstäben. Und Bocchanini führte ab und zu prominente Besucher zu einer ganz modernen Szilligraphie-Anlage und sagte stolz: »Das hat der Prinz von . . . bezahlt! Mit einem Furunkel!«

Außerdem hatte Prof. Bocchanini noch einen farbenfreudigen Orden bekommen. Er nannte ihn den »Vierzehn-Weiber-Orden«.

Hier also lag Gastons Zimmer, am Ende des stillen Ganges.

Die bevorzugte Station war in diesen Tagen leer. Unter der Prominenz war eine »ungesunde Gesundheit« ausgebrochen, wie es Bocchanini nannte.

Gaston schloß auf, drehte die Deckenleuchte an und ließ mich zuerst eintreten.

Auf den ersten Blick war das Zimmer enttäuschend. Kein übertriebener Luxus, eher nüchterne Eleganz. Der obligate Schreibtisch mit Rufanlage, Papieren, Krankengeschichten und Röntgenplatten in gelben Kuverts, eine Wand voller Bücher, Radio, Fernsehen, eine Sesselgruppe um einen niedrigen Marmortisch und hinter einem Paravent ein normales Bett, das in dieser Umgebung wie abgestellt aussah. Eine schmale Tür führte in einen Nebenraum.

»Das Bad«, sagte Gaston, als errate er meine Gedanken. Er zog seinen weißen Arztkittel aus, hängte ihn an einen bronzenen Haken neben der Tür und ging zu der Bücherwand. Ein Teil ließ sich zur Seite schieben. Dahinter tauchte, diskret beleuchtet und mit Spiegeln ausgelegt, eine Bar auf. Sie war gut gefüllt. Reihen von Flaschen und Gläsern aller Sorten bewiesen, daß Gaston Rablais den Alkohol nicht nur zum Säubern von Wunden gebrauchte.

»Schön«, sagte ich.

»Mit eingebautem Kühlschrank.« Er schien sehr stolz auf diese eingebaute Bar zu sein. »Der Champagner ist immer kalt.«

Ich überblickte noch einmal das große Zimmer, ging hinüber zu den beiden Fenstern und ließ die Jalousien herunter. Ich fühlte, wie mich Gastons Blick verfolgte, wie er mich beobachtete, meinen Gang genoß, das Wiegen der Hüften, jeden Schritt meiner schlanken Beine, das leichte Schwingen meiner Brüste unter der Bluse beobachtete. Ich wußte, wie begehrlich ich war und wie es einem Mann zumute sein muß, der jetzt allein ist mit einer solchen Frau.

»Ich gehe ins Bad«, sagte ich.

Er nickte stumm. Wenn er jetzt etwas gesagt hätte, nur ein Wort, nur »Bleib!«, ich wäre ihm um den Hals gefallen und hätte mich nicht gewehrt, wenn er mich zerfleischt hätte.

So aber ging ich in das Bad, zog mich aus, ließ die Wanne voll heißen Wassers laufen, fand Badezusatz aus Meeresalgen und stieg in die Wanne. Es war ein köstliches Gefühl, in dem blaugrünen, duftenden Wasser zu sitzen und zu sehen, wie die Tropfen von meiner straffen glänzenden Haut abperlten. Mit beiden Händen schöpfte ich das Wasser und ließ es über meine festen Brüste laufen. Wie ein römischer Brunnen, dachte ich. Kaskaden über einen Körper. Oh, ich bin noch jung! Jung!

Gaston, ich liebe dich.

Die Tür sprang plötzlich auf. Gaston kam ins Bad. Er trug in beiden Händen je ein Glas mit Champagner. Das aber war nicht die Überraschung. Er hatte sich vielmehr ausgezogen und stand nackt in der Tür: Ein Männerkörper voll Kraft, überzogen vom Schattenspiel der Muskeln.

»Ist der Platz besetzt?« fragte er und trat an die Wanne. »Oder haben mademoiselle . . .«

»Es ist genug Platz da, monsieur«, ging ich auf seinen Ton ein. »Oh, woher wissen Sie, daß ich Champagner mag?«

»Eine Intuition, mademoiselle.« Er stieg in die Wanne, und unsere nackten nassen Körper berührten sich zum erstenmal. Er saß mir in der Badewanne gegenüber und hielt mir das Champagnerglas hin. »Ohne etwas zu verschütten. Ist das nicht eines Lobes wert, mademoiselle docteur?«

»Eine sichere Hand ist das Kapital des Chirurgen, monsieur Oberarzt.« Ich trank das Glas in einem Zug leer und setzte es ab. Auch Gaston hatte seines geleert und stellte es zur Seite.

»Eine sichere Hand kann ich Ihnen anbieten, mademoiselle«, sagte er mit einem Ton in der Stimme, der einen wundervollen Schauer über meine Haut jagte. »Sie werden nicht enttäuscht sein.« Er sah mich mit Augen an, als erlebe er eine Verklärung. »Gisèle!«

»Gaston!«

»Ich liebe dich.«

»Ich liebe dich auch.«

»Du bist die erste Frau, zu der ich das ehrlich sage.«

»Und du der erste Mann.«

Er beugte sich vor und griff nach meinen Brüsten. Ich warf den Kopf zurück und stöhnte leise auf, rutschte nach vorn über seinen Schoß und warf die Arme um seinen herrlichen, breiten Oberkörper.

Was dann geschah, was alles weiter geschah – warum soll ich mich quälen und alles noch einmal nachvollziehen? Was bedeuten Einzelheiten gegenüber dem ungeheuren Ganzen, das wir uns in dieser Nacht zusammenbauten: einen Turm der Liebe, vergleichbar mit dem Bau von Babel, den Himmel erobernd und doch nie fertig werdend, weil es einfach keine Grenzen mehr gab.

Viel, viel später lagen wir nebeneinander auf dem Bett hinter dem Paravent, rauchten eine Zigarette, tranken noch immer eisgekühlten Champagner und fühlten uns miteinander vereint, obgleich wir in seliger Mattheit auseinandergefallen waren und uns gerade erst mit großen Frotteetüchern den Schweiß unserer Wildheit abgetrocknet hatten.

»Du bist ein Phänomen«, sagte Gaston schwer atmend. Da er gleichzeitig rauchte, hustete er dabei. Seine Bauchdecke tanzte. Ich lachte und legte beide Hände über seinen Leib.

»Wieso ein Phänomen?« fragte ich zurück.

»Du liebst wie ein Raubtier.«

»Und du wie ein Grizzlybär. Man hat immer Angst, zerrissen zu werden.«

»Wieviel Liebhaber hast du schon gehabt? Kannst du sie noch zählen?«

»Das ist eine Beleidigung, Gaston!«

»Ein Mann, der eine Frau wie dich nicht an sich zieht, ist ein Idiot. Und eine Frau, die so lieben kann wie du, muß Erfahrung haben.«

»Es gibt Naturbegabungen, Liebling.«

»Das meinte ich mit Phänomen!« Er hob den Kopf und sah mich an. »Viele Liebhaber?«

»Sehr wenig.«

»Unmöglich.«

»Du bist der erste, bei dem ich begriffen habe, was Erfüllung ist.«

»Geradezu unwahrscheinlich.«

»Aber es ist so, Gaston.« Ich rauchte versonnen, starrte an die Decke und hörte, wie er ein neues Glas Champagner eingoß. Die Nähe seines nackten Körpers, von dem ich jetzt jeden Winkel kannte, jede Hautpartie bis hinunter zu dem kleinen Leberfleck am Schambein, machte mich noch immer innerlich unruhig, so müde ich jetzt auch war. Ich begriff, daß es keine Übertreibung war, wenn man der Pompadour nachsagt, daß sie immer zur Liebe bereit war und lieben konnte bis an die Grenze des Lebens.

»Meine Liebhaber trage ich mit einer Hand weg«, sagte ich und nahm das Champagnerglas an, das er mir zureichte. »Soll ich sie nennen, der Reihe nach?«

»Nein!« Er zuckte hoch. »Bloß das nicht!«

»Du wirst enttäuscht sein, Gaston.« Ich lachte und dehnte mich. Er beugte sich über mich, küßte meine straffen Brustwarzen und streichelte meinen Schoß. Es war ein Gefühl zum Zerspringen. »Und du? Wenn ich dich fragen würde?«

»Mehr als eine Handvoll, Gisèle.«

»Das wäre auch sonst eine Lüge gewesen, Gaston.«

»Aber ich war nie so glücklich wie heute. Das ist die Wahrheit.«

»Ich glaube dir, Gaston.«

Oh, es war herrlich, einem Mann zu glauben. Es war unbeschreiblich, ihn zu besitzen. Es war unglaublich, was ein Mensch zu leisten vermag, wenn er liebt.

Wir warfen die Zigaretten weg, stellten die Gläser auf den Boden und fielen wieder über uns her. Wer uns beobachtet hätte, würde mit den Fäusten dazwischen geschlagen haben. Wir benahmen uns, als wollten wir uns gegenseitig umbringen.

Die ganze Nacht blieb ich bei Gaston im Zimmer und träumte später in seinen Armen von dem großen Glück, das ich mir heute im wahrsten Sinne des Wortes erobert hatte. Ein Glück, das ich nicht wieder loslassen wollte. Schon der Gedanke, daß es einmal anders werden könnte, grenzte an Wahnsinn.

Ab und zu wachte ich auf und sah Gaston an. Er schlief fest, die Lippen vorgeschoben wie ein trotziger kleiner Junge.

Mein Gaston. Mein großer Gaston. Mein alleiniger Gaston.

Mein Geliebter.

Bin ich deshalb schlechter als andere Frauen?

Ich war damals 27 Jahre alt, und mit diesem Alter hat man ein Recht auf Liebe. Ich war frei, ich hatte niemanden zu fragen, und auch Gaston war frei. Ach, was fragt man überhaupt nach Bindungen und Moralthesen, wenn man verliebt ist, so grenzenlos verliebt wie ich? Andere Frauen halten sich einen Geliebten, aber man grüßt sie trotzdem ehrfürchtig, weil der Herr Gemahl Bankdirektor oder Staatssekretär ist. Jeder weiß es. Aber so ist das nun einmal in Paris! Bin ich deshalb schlecht, weil ich eine ganze Nacht bei Gaston blieb, bei diesem herrlichen, zärtlichen und doch in der Liebe so ohnmächtig machend brutalen Mann?

Ich habe nicht darüber nachgedacht. Ich blieb bei ihm und ließ mir am Morgen den Kaffee ans Bett bringen. Dann schlief ich wieder bis in den Mittag hinein, während er seine Visiten machte, eine Operation vornahm und der große, beliebte Arzt war, der seinen Patienten Trost und Hilfe gab. Das Zimmer hatte er abgeschlossen. Wie in einer geheimnisvollen, verschwiegenen Oase, wie auf einer fernen Insel, lebte ich diesen Morgen in seinem Zimmer und nahm alles in mir auf.

Jeder Gegenstand des Zimmers atmete seine Gegenwart: der Stuhl, der Schreibtisch, die Bücher, die angebrochene Zigarettenschachtel, das Weinglas auf dem Nachttisch, sein über den Stuhl geworfener Schlafanzug, ein Schlips, der über der Lehne hing, ein Ring, den er vom

Finger zog und nicht wieder ansteckte – und das Bett.

Ich schloß die Augen und vergrub das Gesicht in die Kissen. Komm, dachte ich, komm doch, Gaston. Laß es Mittag sein, kehre doch zurück in das Zimmer und küß mich. Ich habe dich ja so lieb, so wahnsinnig lieb, so unmenschlich lieb . . .

Gaston brachte das Mittagessen mit: eine Schale Trauben, ein paar Kekse, eine Flasche Wein und zwei Pasteten. Wir aßen sie, nebeneinander im Bett liegend, und es war nur eine Unterbrechung unserer Sehnsucht und des Willens, Zeit und Ort zu vergessen und nur zu leben, um den anderen zu fühlen und zu besitzen.

»Ich bin betäubt, wenn du mich küßt«, sagte ich an diesem Tag. »Ich verliere die Gedanken und denke nur noch – du – du – du –«

Er lachte und umfing mich. Sein Kopf ruhte auf meiner Brust. »Diese Anästhesie lehre ich auch nur dich«, sagte er leise. »Du darfst sie nie verraten.«

»Nie, Gaston, nie!« Ich streichelte seine Haare. »Es ist eine Betäubung, die nur uns beide angeht, nur uns, Gaston.«

Am Abend brachte Gaston mich wieder zurück nach Gentilly. Brigit, meine Schwester, stand hinter der Gardine, als unser Wagen hielt und ich mich von Gaston verabschiedete. Er spielte den Abschied formvollendet, küßte mir die Hand und zog den Hut, weil er wußte, daß wir beobachtet wurden.

»Morgen früh, Gisèle«, sagte er leise. »Morgen ist Bocchanini wieder da.«

Ich nickte. Ich zwang mich, gleichgültig zu sein. Ruhig gab ich ihm die Hand. »Auf Wiedersehen, Herr Dr. Rablais«, sagte ich laut, weil ich sah, daß ein Spalt des Fensters, hinter dem Brigit stand, offenstand.

Ohne mich umzublicken, ging ich ins Haus. Ich hörte, während ich die Tür aufschloß, wie der Wagen anfuhr und sich entfernte.

In der Diele kam mir Brigit entgegen. Sie hatte große Augen und musterte mich. »War das dein Geliebter?« fragte sie. Sie fragte es so unschuldig, daß ich rot wurde.

»Brigit!« rief ich. »Ich müßte dir eins auf den losen Mund geben! Das war Dr. Rablais, der Oberarzt!«

»Und wo warst du die ganze Nacht?«

Ich zog meine Jacke aus und hing sie an der Garderobe auf. »Es geht dich Fratz eigentlich nichts an«, sagte ich ruhig, und ich wunderte mich, wie klar und ohne Schwanken meine Stimme war. »Aber wenn du es wissen willst: Wir haben in der Nacht eine schwere Operation gehabt, und dann mußte ich einen Teil der Nachtwache übernehmen. Am Morgen kam noch ein Unfall in die Klinik, dann eine Kaiserschnittgeburt – ich habe bis jetzt geschuftet.«

Brigit gab sich mit dieser Lüge zufrieden. Sie nickte und blies sich die blonden Locken aus der Stirn. »Ein netter Mann«, sagte sie verträumt.

»Wer?«

»Dieser Oberarzt.«

»Findest du?« Ich lachte etwas gequält. »Vielleicht vom Aussehen her. Aber sonst? Ein Pedant, ein Querkopf, als Zweiter Chef widerlich.«

Ich beobachtete Brigit, wie sie den Tisch deckte und das Abendessen auftrug. Sie schien sich noch in Gedanken mit Gaston zu beschäftigen. Ich sah es, weil sie stiller war als sonst. Mir bereitete es Vergnügen, daß meine kleine Schwester meinen Geliebten nett fand, und ich war innerlich stolz darauf, daß bestimmt noch viele andere Frauen ihn nett und lieb fanden, und ich allein die Glückliche war, die ihn besitzen durfte, voll und ganz besitzen durfte.

»Was hast du heute gekocht, Brigit?« fragte ich, um die Stille aufzuheben.

»Omelettes mit Champignons.«

»Du verwöhnst mich, Brigit.«

Als ich in Paris die letzten Semester studierte und dann promovierte, hatten meine Eltern Brigit aus Avignon zu mir geschickt, um für mich zu sorgen. Vater sagte immer: »Das Mädel kommt vor lauter Studieren nicht zum Essen. Was nützt mir eine Tochter, die Dr. med. ist, aber 70 Pfund wiegt und die perniziöse Anämie im Blut hat?« Und so schickte er Brigit nach Paris. Dreimal wöchentlich besuchte sie ihre Kurse als Innenarchitektin und versorgte mich rührend. Wir mieteten später mit Vaters Geld in Gentilly eine kleine Wohnung, und alles wäre in den Bahnen verlaufen, wie es die Eltern in Avignon sich dachten, wenn nicht Gaston in mein Leben getreten wäre.

»Bringt dich dieser Dr. Rablais jetzt immer nach Hause?« fragte Brigit beiläufig, während sie abräumte und das Geschirr in die Küche trug.

»Ich weiß nicht. Was hast du überhaupt mit diesem dummen Rablais? Ich wäre froh, wenn ich ihn morgen nicht mehr sähe – so eingebildet ist er.«

»Aber nett! Wie er dir die Hand küßte – ich habe es hinter der Gardine gesehen – war er wie ein Mann vom Film.«

»Brigit, du gehst zuviel ins Kino!« Ich lachte sie aus, und sie rannte in die Küche und klapperte so wütend mit dem Geschirr, während sie es spülte, daß ich glaubte, jeden Augenblick würde etwas zerbrechen.

Die kleine Brigit, dachte ich. Mit achtzehn Jahren empfindet sie schon die prickelnde Nähe eines Mannes. Ich mußte lächeln bei dem Gedanken, Brigit in den Armen Gastons zu sehen. Die kleine, dumme Brigit mit den romantischen Träumen. Er war zu absurd, der Gedanke –

damals –.

Als ich später in meinem Bett lag und aus dem Fenster hinaus in den sternenübersäten Himmel sah, kam ich mir zum erstenmal einsam vor. So selbstverständlich war mir in dieser einen Nacht die Nähe Gastons geworden, daß ich mich jetzt verlassen fühlte, jetzt schon, und dabei war vorgestern noch nichts gewesen als ein gleichmäßiges Leben und das verbissene Streben einer jungen Ärztin, die gerade begann, sich im Leben umzusehen.

»Sie haben jetzt Ihr Doktordiplom bekommen«, hatte der Rektor der Universität gesagt. »Und Sie gehen hinaus ins Leben als junge Ärzte, die das Ideal mitbringen, gute Ärzte sein zu wollen. Sie haben viel gelernt; Sie sind vollgestopft mit Wissen; Sie sind Theoretiker von großen Maßen; haben Sie den Ehrgeiz, auch blendende Praktiker zu werden. Aber Sie werden schon nach den ersten eigenen Schritten sehen, die Sie allein in die Welt der Krankheiten setzen, daß alles anders sein kann als das, was Sie hier gelernt haben. Wir konnten Ihnen nur das Fundament mitgeben. Das Haus müssen Sie sich jetzt allein bauen. Und jeder Baustein ist verschieden, jedes Stockwerk will mühsam errichtet werden. Das Leben eines Arztes ist ein ständiges Bauen an sich selbst und an dem Wall gegen Krankheit, Elend und Tod. Sie werden immer im Kampf stehen, Sie werden die lebenslänglichen Soldaten an der vordersten Front sein, und dazu gehört Ausdauer und Mut. Vor allem Mut. Diesen wünsche ich Ihnen allen. Nur der mutige Arzt wird zum Sieger über den Tod!«

Das hatte Prof. Charles de Costa gesagt, der greise Rektor der Universität und der Dekan der medizinischen Fakultät. Und mit dem Willen zum Mut bin auch ich hinausgetreten und traf ausgerechnet auf Gaston Rablais. Und es war vorbei mit dem Mut und dem festen Willen. Ich habe in seine Augen gesehen, ich habe seine Lippen gefühlt, ich habe mich in seinen Armen ausgeruht und dem Schlag seines Herzens gelauscht. Was ist da jetzt noch übrig geblieben von der revolutionären Ärztin Gisèle Parnasse? Der Kämpferin gegen den Tod? Ich trage meinen Doktortitel, ich trage einen weißen Mantel mit einer Brusttasche, aus der sehr wissenschaftlich die Gummischlangen des Membranstethoskopes heraus baumeln, ich habe weiße Schuhe an, wenn ich den OP betrete, und ein fahrbarer Verbandskasten wird von einer Schwester hinter mir angerollt, wenn ich von Krankenzimmer zu Krankenzimmer gehe und Visite mache. Ja, das alles ist geblieben. Dieses Äußerliche meines Berufes, das Sichtbare, das für den Patienten so Erhabene. Aber innerlich? Wo sind meine Gedanken, wo sind meine Wünsche, wo ist mein Ehrgeiz, was füllt meine Träume aus, was empfinde ich, was sehe ich und nach was strebe ich?

Gaston – nur Gaston ist da! Nichts als Gaston!

Und das alles schon nach einer Nacht.

Mein Gott, wohin soll das führen? Wie soll das bloß weitergehen?

Ich weiß bis heute nicht, was Fioret, ausgerechnet Fioret, dessen Name allein bei Gaston genügte, Abscheu zu erregen, bewogen hatte, plötzlich in Bocchaninis Klinik aufzutauchen.

Natürlich war er wieder zu drei Viertel betrunken, rülpste die Pfortenschwester an und nannte einen Assistenzarzt, den sie per Klingelruf sofort zur Verstärkung bat, einen blaßhäutigen Onanisten, der gefälligst aus dem Weg gehen solle, wenn ein Gynäkologe wie er in eine Klinik käme.

»Jedes Portio-Karzinom sieht besser aus als Sie!« randalierte er in der Eingangshalle. Als zur Verstärkung drei Krankenpfleger auftauchten, mit hochgekrempelten Ärmeln, ging er in Boxerstellung und lachte dröhnend.

»Nur heran! Heran!« brüllte er. »Ich war Juniorenmeister im Weltergewicht! Schwester Vulva«, damit meinte er die brave Pfortenschwester, die sofort blutrot im Gesicht wurde, »alarmieren Sie die Unfallstation. Die Kollegen werden Arbeit bekommen! Schiefe Nasen, gebrochene Kinnladen, nach hinten geschlagene Gesichter!«

Es war ein Skandal, wie ihn die Klinik noch nie erlebt hatte.

Ich wußte von alldem nichts. Ich arbeitete gerade auf der Intensivstation und konnte nicht gestört werden. Aber Gaston war erreichbar. Obgleich es nicht zu den Gepflogenheiten eines Ersten Oberarztes gehört, sich in solche Rüpelszenen einzumischen, fuhr Gaston sofort mit dem Lift nach unten zur Aufnahme und erkannte sofort Fioret.

Aber auch Fioret hatte ein gutes Gedächtnis. Er gab seine Boxerhaltung auf und stand stramm wie auf dem Kasernenhof.

»Der große Meister selbst!« grölte er durch die weite Halle. »Der Kavalier, der junge Ärztinnen abschleppt!«

Das war genau das, was Gaston in den tiefsten Nerv traf. Er stieß die Tür zum Notaufnahmezimmer III, das am nächsten lag, mit einem Fußtritt auf und winkte Fioret zu.

»Kommen Sie hier herein, Fioret!«

»Er kennt mich noch! Er kennt mich noch!« jubelte der Betrunkene. An dem erstaunten Assistenten, den Pflegern und der völlig konsternierten Pfortenschwester vorbei, hüpfte er ins Untersuchungszimmer III und setzte sich dort mit Schwung auf den abgedeckten OP-Tisch, der für Notoperationen gedacht war. Gaston schloß die Tür. Er zog sie nicht bloß zu, er drehte auch den Sicherungshebel herum.

Fioret bemerkte es und wurde schlagartig nüchtern.

»Was ist denn das?« fragte er. »Monsieur Rablais, schließen Sie sofort auf! Ihr verdammten Chirurgen mit euren Tricks! Kann man hier denn keinen Spaß mehr verstehen?«

»Was wollen Sie bei uns?« fragte Gaston ganz ruhig.

»Ich hatte vor, Gisèle einen Besuch abzustatten. Aber Ihr Erzengel an der Pforte wollte mir keine Auskunft geben. Tat so, als gäbe es keine Dr. Parnasse! Und das mir! Ich habe mit Gisèle fast neun Semester zusammen studiert.«

»Ich weiß. Dr. Parnasse hat mir von Ihnen erzählt.«

»Hat sie das? Das gute Kind!« Fioret lachte wieder dröhnend. »Hat sie Ihnen erzählt, was wir alles angestellt haben? Zum Beispiel vor drei Jahren, in der Grand Opéra? Da haben wir vor der Premiere von ›La Bohème‹ mit fünfzehn Kommilitonen einen Haufen Tabletten zur Flatulenz geschluckt und sind dann in die Oper marschiert. Alle in einer Reihe. Und als dann das süße, zarte Liebesduett begann ›Wie eiskalt ist dies Händchen‹, gab ich mit einem krachenden Furz das Signal, und dann furzten wir alle in die Arie hinein. Ha, ich habe noch nie einen so ratlosen Tenor gesehen und eine so echt leidende Mimi! – Hat Gisèle Ihnen das auch erzählt? Sie war dabei. Sie ist ein echter Kamerad!«

»Ich habe von dem Opernskandal gelesen, Fioret. Nur die Beziehungen der Eltern dieser Studenten verhinderten Strafverfolgungen.«

So war es wirklich gewesen. Fioret und Laroche – diese beiden an erster Stelle – konnten sich vieles erlauben, ohne jemals mit härteren Strafen zu rechnen. Ihre Väter, Onkels oder älteren Vettern saßen in hohen Staatsämtern oder hatten wiederum beste Beziehungen zu allen maßgebenden Stellen. Kamen aus Studentenkreisen um Fioret wieder einmal skandalöse Meldungen, dann wurde ein kleines Heer von Personen in Bewegung gesetzt, das alles glättete.

»Was wollen Sie von Dr. Parnasse?« fragte Gaston ruhig.

Fioret musterte ihn mit geneigtem Kopf. »Wenn ich Ihnen das sagen wollte, brauchte ich Gisèle nicht.«

»Dr. Parnasse ist nicht abkömmlich.«

»Verstehe. Liegt sie noch in Ihrem Bett?«

Ich weiß, daß Gaston alles haßte, was mit Gewalt zusammenhängt. »Man kann über alles sprechen«, sagte er immer. »Und Worte können so viel verhindern, wie sie andererseits auch Katastrophen herbeiführen können. Aber ein gebildeter Mensch, ein Mensch mit Niveau, sollte sich nie auf seine Muskeln, sondern zunächst auf seinen Verstand verlassen. Es gibt nichts, worüber man nicht mit Vernunft diskutieren kann.«

Bei Fioret schien Gaston zu der Überzeugung gekommen zu sein, daß Diskussionen über dieses Thema völlig sinnlos waren. Er antwortete nicht, packte Fioret vorn an der Jacke, riß ihn vom OP-Tisch und verabreichte ihm ein paar Ohrfeigen. Dann stieß er ihn gegen die gekachelte Wand und blickte ihn ohne eine Spur von Angst an.

»Ich weiß, Sie waren Juniorenmeister«, sagte Gaston. »Im Boxen. Sehr gut! Ich habe auch geboxt, im Halbschwergewicht. Und außerdem habe ich – bloß als Hobby – einen Karatekurs hinter mir. Wollen wir es auf eine Kraftprobe ankommen lassen, Fioret? Ich greife Ihren Vorschlag gerne auf: Ich alarmiere vorher die Unfallkollegen.«

»Machen Sie die Tür auf, Dr. Rablais!« antwortete Fioret heiser.

»Nur unter einer Bedingung: Daß Sie ab sofort Gisèle in Ruhe lassen. Sie und Ihre Clique!«

»Sie beanspruchen das Alleinrecht, Kollege?«

»Für diese Frage müßte ich Ihnen ein Ohr taub schlagen«, sagte Gaston ruhig. »Aber Sie sind ja betrunken.«

»Jetzt nicht mehr. Ich bin jetzt ganz klar, Dr. Rablais.«

»Um so schlimmer, Fioret. Ich wiederhole meine Frage . . .«

»Und wenn Gisèle selbst mit ihren alten Freunden weiter verkehren will, was dann? Wollen Sie ihr die schönen Stunden im ›Café Mon Dieu‹ stehlen? Sie haben Lisette mit dem kurzen Röckchen noch nicht quietschen hören! Dr. Rablais, das ist ein Teil unserer Jugend! Davon wollen wir nicht weg. Wissen Sie überhaupt noch, was Jugend ist? Der Stellvertreter von Gottvater Bocchanini! Der Chirurg mit den sehenden Fingerkuppen! Wollen Sie nun auch Gisèle zu einer Operationsmaschine machen? Kollege, unser liebes Mädchen will mehr vom Leben haben als nur aufgeschnittene Leiber! Sie will auch mal tanzen, in einer Diskothek gammeln, im Bois auf dem Rasen liegen, beim Jazz mit den Füßchen stampfen.«

Gaston ging zur Tür und schob den Hebel herum. Er war sehr ernst geworden. Als er sich wieder zu Fioret herumdrehte, war sein Blick fast nach innen gekehrt.

So traf ich ihn an, als man mich doch noch aus der Intensivstation herausholte mit dem Schreckensruf: »Der Erste Ober hat sich mit einem Randalierer im Not-U-III eingeschlossen! Angeblich soll der Fremde auch ein Kollege sein. Fionneret oder so ähnlich!«

Fioret! Mit Gaston! Um Himmels willen, das gibt ein Drama!

Ich fuhr mit dem Lift in die Halle und kam gerade an, als Gaston die Tür aufstieß. Fioret stolperte ins Freie und bemerkte mich sofort. Seine trunkenen Augen begrüßten mich, aber sonst tat er gar nichts. Er ging an mir vorbei, als kenne er mich gar nicht. An der Außentür aber blieb er stehen und drehte sich noch einmal zu uns um.

»Es ist alles Scheiße!« sagte er laut. Seine Stimme klang gar nicht betrunken. »Gisèle, mach's gut! Werd' eine große Ärztin. Erfinde eine neue Narkose. Sammele Anerkennung und Auszeichnungen. Den Preis dafür kennst du. Deine Jugend! Dein herrliches Lachen! Deine Unbekümmertheit! Deine so geliebte Freiheit! Lebt wohl, Freunde, und leckt mich alle am Arsch!«

Ich schämte mich fürchterlich, warf den Kopf in den Nacken und ging zum Lift zurück. Gaston war der einzige, der mit mir zur Intensivstation hinauffuhr. Auf halbem Wege hielt er den Lift mittels des Halteknopfes an. Wir hingen zwischen zwei Stockwerken fest.

»Gaston«, sagte ich leise. Ich wußte, warum er das getan hatte. »Gleich gibt es im Haus Alarm, weil der Lift klemmt.«

»Es ist der einzige Ort, an dem ich jetzt mit dir allein sprechen kann.« Er zog mich an sich, und seinen Körper zu spüren, war wieder ein Moment voll Seligkeit. »Hat Fioret recht?«

»Blödsinn!« antwortete ich grober, als ich eigentlich wollte.

»Fehlt dir das Tanzen? Dann gehen wir am Sonntag ganz groß aus.«

»Gaston, er war betrunken.«

»Möchtest du gern in eine Diskothek? Ich gehe mit. Es muß nicht immer Mozart oder Tschaikowskij sein. Ich werde mich auch amüsieren mit euren Bands und ihren Hits. Du siehst, das Vokabular beherrsche ich schon. Gisèle, du sollst glücklich sein bei mir.«

»Es gibt keine Frau, die glücklicher ist als ich es bin!« sagte ich. Ich sagte es in voller Ehrlichkeit, denn ich fühlte mich am Rande des Himmels. Gaston liebte mich, ich liebte Gaston – das war das Vollkommenste, was es zwischen zwei Menschen geben kann.

»Dann ist es gut«, sagte er, drückte auf den Halteknopf, und der Lift zischte weiter nach oben. »Versprich mir eines, Gisèle!«

»Was, Gaston?«

»Tritt mich gegen das Schienbein, wenn ich anfange, Opa-Manieren zu bekommen. Ich merke es selbst ja nicht.«

Wir lachten, beherrschten uns dann aber, als der Lift in der Intensivstation hielt.

Es ist unangebracht für Ärzte, lachend eine Station zu betreten, wo Menschen und ihre Helfer verzweifelt gegen den Tod kämpfen.

An einem der nachfolgenden Tage wurde in die Klinik eine Frau eingeliefert. Mit einem Uteruskarzinom.

Prof. Dr. Bocchanini hatte sie untersucht und Gaston hinzugezogen. Sie saßen über den Röntgenplatten, als ich ins Zimmer trat, um den Visitenbericht des Morgens abzugeben.

»Wir müssen operieren«, sagte Bocchanini. »Das Karzinom ist noch operabel! Aber es wird eine Hysterektomie werden!«

»Die Frau ist 26 Jahre alt.« Gaston betrachtete die Röntgenplatten. »Ihr Mann, ein Malermeister, wünscht sich so sehr ein Kind. Und nun eine Totaloperation! Für immer unfruchtbar.«

Bocchanini hob die Schultern. Er war ein mittelgroßer Mann mit weißen Haaren, die ihn älter aussehen ließen, als er in Wahrheit war. »Es gibt keine andere Möglichkeit. Wie wollen Sie ein Uteruskarzinom entfernen, ohne den gesamten Uterus zu ektomieren? Zudem würde es immer zu Fehlgeburten kommen, auch wenn wir einen anderen Weg wüßten!«

Er sah mich an, als ich an den Tisch trat und die Visiten-
berichte hinlegte. »Die Frau liegt auf Zimmer 67, Dr. Parnasse. Wollen Sie die Operationsvorbereitungen übernehmen? Es wird schwer sein, ihr zu sagen, daß sie nie mehr
Kinder haben wird. Mit dem Mann wird Dr. Rablais sprechen. Ich möchte das Karzinom noch heute nachmittag an-
gehen.«

Ich warf einen Blick auf Gaston, der noch immer die
Röntgenplatten vor seine Augen hielt und anscheinend
nach einer Methode suchte, das Karzinom ohne völlige
Hysterektomie zu entfernen. »Wie soll ich ihr das sagen?«
fragte ich ein wenig hilflos.

Prof. Bocchanini hob beide Hände. »Frauen finden da
immer den richtigen Ton. Sie werden das schon können.
Sagen Sie ihr vor allem die Wahrheit, die volle Wahrheit!
Und verschweigen Sie nicht, daß wir Ärzte bei einem
Krebs so gut wie hilflos sind und . . . und . . . Na, Sie wis-
sen schon, was Sie sagen werden.«

Ich verließ schnell das große Chefzimmer und eilte
durch die langen, weißen, kahlen Gänge der Klinik zum
Zimmer 67.

Als ich vor der Tür stand, zögerte ich einen Augenblick,
die Klinke herunterzudrücken und hineinzugehen. Eine
Schwester kam aus dem Nebenzimmer und nickte mir zu.

»Was macht sie?« fragte ich leise und wies auf die ge-
schlossene Tür.

Die Schwester hob die Schultern. »Sie glaubt, es ginge
auch ohne Operation. Eine leichte Entzündung, denkt
sie.« Sie schob die Augenbrauen zusammen. Ihr Gesicht
war blaßgelb und hart. »Wollen Sie ihr jetzt die Wahrheit
sagen?«

»Ich werde es müssen.«

»Krebs?«

»Ja.«

Die Schwester nickte. »Immer dasselbe. Wenn sie zu uns kommen, ist es meistens zu spät! Ich werde eine Herzspritze vorbereiten, falls die Wahrheit sie zu stark erregt.«

Ich nickte und öffnete langsam die Tür.

Das Zimmer war lang und schmal. An der rechten Wand stand das Bett, vor dem Fenster blühten Blumen. Gegen die hereinflutende Sonne hatte man die Vorhänge zugezogen. Es war warm in dem Raum und roch nach Schweiß und Urin. Anscheinend hatte man die Frau gerade katheterisiert. Sie lag in dem eisernen Bett, schmal, blond, jung und hübsch und las in einem Magazin. Als sie die Tür zuklappen hörte, legte sie die Zeitschrift auf die Decke und sah mich mit großen blauen Augen erwartungsvoll an.

»Ich bin Dr. Parnasse«, sagte ich und merkte, wie meine Stimme belegt war. »Ich wollte einmal nach Ihnen sehen.«

»Oh, danke.« Sie lächelte mich an, so sonnig und fast kindhaft dankbar, daß es mir in der Kehle würgte. »Mir geht es ganz gut. Was sagt der Professor?«

Ich setzte mich auf die Bettkante und nahm ihre kleine, zarte Hand. Die Haut war blaß, durchsichtig, man sah die feinen Adern und Sehnen auf dem Handrücken. Diese Hand hat gestreichelt, dachte ich. Sie hat einen Mann gefühlt, und ihre Finger krallten sich in den Rücken des Geliebten mit der ganzen überschäumenden Sehnsucht nach einem Kind. Und nun liegt sie hier. Prof. Bocchanini muß eine Hysterektomie machen und ihren Traum von einem Kind für immer zerstören.

»Wir werden nicht vermeiden können, Sie zu operieren«, sagte ich langsam.

Ihre Augen verloren den kindlichen Glanz, sie wurden dunkler, größer, von Entsetzen erfüllt. »Operieren«, sagte sie stockend. »Ist es so schlimm?«

»Aber nein, nein.« Es würgte mir im Hals, als ich das sagte. Seien Sie ehrlich, hatte Bocchanini mich ermahnt. Die volle Wahrheit! Krebs! – Ich konnte es nicht in diesem Augenblick. Die großen, blauen, entsetzten Augen ließen mich weiterlügen. »Wir müssen nur an den Herd der Blutungen heran. Das geht nicht von außen mit einer Kanüle. Wir müssen da schon in Ihren Bauch einen kleinen Schnitt machen.«

»Wird es eine große Narbe sein?« Sie wurde rot, als sie es fragte und nahm meine Hand. »Wir sind erst jung verheiratet, Frau Doktor. Und François ist so verliebt. ›Du hast den schönsten Körper, den ich je gesehen habe‹, sagt er immer. Und nun die Narbe. Wird man sie sehr sehen? Wird sie sehr stören?«

»Aber nein.« Ich biß die Lippen aufeinander und fühlte, daß ich der Aufgabe, dieser Frau die volle Wahrheit zu sagen, nicht gewachsen war. »Und wenn es eine größere Narbe werden sollte, dann kann man sie später immer noch verkleinern. Solch eine Schönheitsoperation ist nicht schlimm.«

»Man kann die Narbe später wegnehmen?«

»Ja.«

»Das ist schön.« Sie richtete sich im Bett auf und strich sich die blonden Locken aus der hohen Stirn. »Weiß es mein Mann schon?«

»Der Herr Oberarzt wird es ihm sagen.«

»Und wann will der Professor operieren?«

»Heute nachmittag.«

»So früh schon?«

»Je früher er operiert, um so früher kommen Sie wieder aus der Klinik heraus und um so schneller können wir später die Narbe bereinigen.«

»Das stimmt.« Sie lächelte mich dankbar an, so, als habe ich ihr einen großen Gefallen getan. »Sie werden auch bei der Operation sein, Frau Doktor?«

»Ja. Ich werde Sie narkotisieren.«

»Das ist schön. Dann bin ich ganz ruhig und habe gar keine Angst mehr. Und François werde ich erzählen, daß ihn die Narbe überhaupt nicht stören wird.«

Ich erhob mich von dem Bett und drückte ihr die kleine, blasse Hand. Aus ihrem Gesicht leuchteten mir ihre blauen Augen entgegen.

»Und wenn ich operiert bin, dann werden wir bestimmt bald ein Kind haben. François und ich möchten so gerne ein Kind. Es wird doch gehen, Frau Doktor?«

Ich war schon an der Tür, als sie es fragte, und ich verließ ohne eine Antwort schnell das Zimmer. Ich tat so, als hätte ich ihre Frage nicht mehr gehört. Auf dem Flur wartete die Schwester mit dem harten Gesicht, in der Hand eine 5-ccm-Injektionsspritze.

»Soll ich?« fragte sie mich. Ich schüttelte müde den Kopf.

»Nein, es ist nicht nötig. Ich habe es ihr nicht sagen können.« Mißmutig legte die Schwester die Spritze auf den Tisch neben dem Fenster, auf dem eine Schale mit einer Alkoholflasche und Verbandszeug stand.

»Soll ich es ihr sagen?« fragte sie.

Ich sah in ihr energisches, fahlgelbes, grobes Gesicht, in die harten, graugrünen Augen, unter denen eine lange Nase hervorsprang.

»Nein.« Ich schüttelte energisch den Kopf. »Ich werde Herrn Dr. Rablais darum bitten.«

»Wie Sie wollen.«

Die Schwester stellte die Schale in den weißlackierten Wandschrank des Flures und verschwand in einem anderen Zimmer, über dessen Tür eine kleine rote Lampe aufflammte.

Wie ein schuldbewußtes Schulmädchen, das seine

Hausaufgaben nicht gemacht hatte, betrat ich das Zimmer Gastons und sah ihn am Fenster sitzen, in einem dicken Buch über die Operation von Uteruskarzinomen lesend.

»Ich komme von Zimmer 67«, sagte ich leise.

Er blickte kurz auf und lächelte. »Na, wie hat sie es aufgenommen?«

»Gut!« rief ich. Ich wunderte mich, daß ich plötzlich laut war, daß meine Stimme sich überschlug und ich dann zu weinen begann. Verblüfft war Gaston aufgesprungen und faßte mich an den Schultern. »Ich habe es ihr nicht gesagt!« schrie ich. »Ich konnte es nicht! Sie ist so jung, so hübsch und so voller Zukunftsplänen. Und so verliebt, so herrlich verliebt in ihren Mann. Ich konnte es einfach nicht.«

Schluchzend drückte ich den Kopf gegen seine Brust und ließ mich zu einem der Sessel führen.

»Setz dich«, sagte Gaston. »Trink einen Kognak, rauch eine Zigarette.«

»Davon wird es auch nicht besser«, schluchzte ich.

»Du bist trotz deines Doktortitels noch wie ein kleines Mädchen. Wie hast du eigentlich das Klinikpraktikum überlebt und die Sezierungen?«

»In der Klinik war ich auf der internistischen Abteilung und beim Sezieren habe ich immer gedacht: Dieses Fleisch ist ja tot. Es ist, als wenn du einen Braten zurechtschneidest . . .«

Gastons Lachen unterbrach mich. »Und so etwas bekommt den Dr . med.!«

»Ich habe nie den Ehrgeiz gehabt, mit dem Messer auf meine Patienten loszugehen! Ich hätte auch nie eine eigene Praxis aufgemacht. Darum wollte ich ja Narkoseärztin werden! Genaugenommen bin ich eine glatte Anti-Ärztin! Ich weine um jeden Menschen, der unter meinen Händen stirbt.«

Ich ballte die Fäuste und legte sie auf die Lehnen des

Sessels.

»Und wenn mich Bocchanini jetzt aus der Klinik wirft: Ich sage es ihr nicht!«

»Dann werde ich es wohl tun müssen? Den Ehemann habe ich schon angerufen. Er wird in knapp einer Stunde hier sein.« Gaston goß mir ein großes Glas Kognak ein und schob mir die Packung mit den starken, schwarzen algerischen Zigaretten hin, die er immer rauchte. »In welcher Verfassung ist sie?«

»In der denkbar besten. Ich habe ihr eingeredet, daß die Narbe nicht groß würde, und daß man die Narbe später sogar entfernen könnte.«

»Auch das noch!« Er schlug die Hände über dem Kopf zusammen. »Und dabei wissen wir nicht einmal, ob wir sie überhaupt lebend vom OP-Tisch herunterbekommen! Wenn außer dem Uteruskarzinom noch Metastasen im Unterbauch sind, an Nieren und Blase, oder gar auf den Lymphwegen zum Mittelbauch, dann ist sie rettungslos verloren! Und ich vermute . . .« Er schwieg und sah mich mit zusammengekniffenen Augen an. »Trink deinen Kognak«, sagte er leiser. Seine Stimme wirkte beruhigend und sanft. »Ich werde mit ihr sprechen.«

Als er das Zimmer verließ und die Tür hinter ihm ins Schloß fiel, hatte ich die Augen geschlossen. Dann aber, allein in dem Zimmer, in dem ich vor einer Nacht noch so wundervoll glücklich gewesen war, begann ich wieder zu weinen. Ich dachte an die Augen und das Lächeln der kleinen Frau, die ihren François so liebte wie ich Gaston, und die ihm ein Kind schenken wollte, während Bocchanini ihr in drei Stunden alles aus dem Leib schneiden würde, was aus ihr erst eine Frau machte.

Wie gemein doch das Leben ist!

*

An diesem Mittag erschien Brigit in der Klinik.

Während Gaston in Zimmer 67 der jungen Frau gegen-
übersaß und ihr erklärte, daß sie nie ein Kind haben würde,
klopfte es an meine Tür, und Brigit trat ins Zimmer. Sie
trug ein enges, tief ausgeschnittenes Sommerkleid aus Ny-
lon, das den Ansatz ihrer kleinen, jungen Brust zeigte und
sich wie eine zweite Haut um ihre schönen, langen Schenkel schmiegte. Die blonden Haare hatte sie hinten hinauf-
gekämmt und die Locken wie eine Krone auf dem Kopf
zusammengesteckt. Sie sah verwegen aus, frech, oder, wie
die Männer beim Anblick eines solchen Mädchens sagen,
einfach süß! Am Arm trug sie eine große, bunte Basttasche.

»Was willst du denn hier?« fragte ich verblüfft und zog
sie ins Zimmer.

»Papa hat gesagt, ich solle dich gut verpflegen. Und weil
du nicht zum Mittagessen gekommen bist, bringe ich es
dir. Hier!« Sie öffnete die Basttasche. Ein Topf war darin,
ein Glas Obst und eine Thermosflasche. »Ich habe alles
mitgebracht. Nur kein Besteck. Das wird es doch wohl hier
geben?«

»Kleine Brigit!« Ich küßte sie auf die Wange und packte
die Tasche aus. In der Thermosflasche war eine schöne,
heiße Suppe, im Topf waren Gulasch mit Nudeln, und das
Obst zum Nachtisch bestand aus eingeweckten Pfirsichen.
»Du hast an alles gedacht. Und ich habe tatsächlich einen
großen Hunger!«

Während ich aus dem Schrank einen Teller und Bestecke
holte, sah sich Brigit im Zimmer um. »Das ist dein Aufent-
haltsraum?« fragte sie.

»Ja.«

»Nur für dich?« Ich nickte, während ich aß. »Und alle
Ärzte haben so einen eigenen Raum?«

»Ja.«

»Hm.« Sie zog den Ausschnitt über der straffen Brust etwas hoch und setzte sich auf den Tisch. Im grellen Sonnenlicht, das durch das breite Fenster vom Garten der Klinik hereinflutete, sah ich, daß sie sich geschminkt und die Augenbrauen mit einem Stift nachgezogen hatte.

»Du schminkst dich, Brigit?«

»Hm. In Paris tun das doch alle.«

»Ich nicht!«

»Ja, du!« Sie lächelte mich unbefangen an. »Ein Arzt muß immer seriös wirken.« Und plötzlich sagte sie, so, als wäre ihr gerade der Gedanke in den Kopf geschossen: »Ist Dr. Rablais nicht da?«

»Dr. Rablais?« Ein Stich durchfuhr mein Herz. Gaston! Darum die Schminke, darum das enge, offene Kleid, die kecke Frisur, das Naiv-Süße, das die Männer unwiderstehlich anlockt. Nur wegen Gaston war sie in die Klinik gekommen, und sie hatte das Essen zum unbefangenen Anlaß genommen. »Ich weiß nicht«, sagte ich gleichgültig. »Vielleicht ist er im Arztkasino? Vielleicht beim Chef?«

»Hat er dir wieder die Hand geküßt?« Die Augen Brigits leuchteten.

»Nein!« Ich schob die schönen Pfirsiche weg. Sie schmeckten auf einmal bitter. »Und überhaupt mußt du jetzt gehen, Brigit! Wir operieren in einer Stunde.«

»Mit Dr. Rablais?«

»Laß mich doch mit dem albernen, eingebildeten Dr. Rablais in Ruhe!« rief ich wütend. Das Interesse Brigits an Gaston erregte mich. Ich spürte, wie etwas in diesem Mädchen erwacht war, was bisher nur eine dunkle Ahnung schien, daß sie jetzt an der Schwelle zwischen Mädchen und Frau stand und einen Mann anders betrachtete als noch vor einigen Monaten. Daß es gerade Gaston war, fand ich verblüffend, aber auch beruhigend, denn der Liebe Gastons war ich sicher und fürchtete Brigit nicht, wie ich etwa eine andere, elegante Frau fürchten würde, die Gastons Weg vielleicht einmal kreuzen könnte.

»Du magst ihn nicht?« bohrte Brigit weiter, indem sie die Basttasche wieder einpackte.

»Nein!«

»Trotzdem er dir so nett die Hand geküßt hat?«

»Eine dumme Formsache! Eine Höflichkeit, die außerdem noch falsch ist! Wirkliche Kavaliere küssen nur einer verheirateten Frau die Hand.«

Brigit zuckte mit den Schultern. »Ich finde ihn nett«, sagte sie. »Kann man ihn nicht mal treffen? So ganz zufällig, Gisèle?«

»Brigit!« Ich erhob mich. »Du hast unmögliche und wenig anständige Gedanken. Wenn ich das Papa schreibe . . .«

»Papa hat verstaubte Ideen!«

»Erlaube mal! Wer hat dir diesen Floh ins Ohr gesetzt? Woher hast du eigentlich deine modernen Weisheiten? Liest du zuviel Bücher vom Montmartre?« Ich faßte sie am Arm und schob sie aus dem Zimmer. Gaston ist noch in Zimmer 67, dachte ich dabei. Ich werde sie durch den Garten aus der Klinik führen, dann begegnen wir ihm nicht, wenn er zurückkehrt. »Komm«, sagte ich. »Der Professor ist streng! Ich bringe dich hinaus.«

Mit schmollend verzogenen Lippen folgte sie mir durch die Glastür ins Freie. Wir gingen über die Rasenflächen zum Seitentor, vorbei an der Leichenhalle, vor der gerade der Wagen eines Sarggeschäftes hielt. Brigit sah zur Seite und schauderte zusammen.

»Ja«, sagte ich, um sie abzuschrecken. »Das ist die andere Seite, Brigit. Es kann vorkommen, daß du auf einem Flur einer zugedeckten Bahre begegnest, die dann dort abgestellt wird.« Ich blieb stehen und zeigte auf die Gebäudeflügel der Klinik, die jetzt vor uns lagen. »Dort, das große Haus, ist die Geburtsklinik. Und dort, der weiße Bau mit den breiten Fenstern, ist die chirurgische Abteilung. Das Haus des Lebens – aber auch das Haus des vielfachen Todes!«

»Und wo arbeitet Dr. Rablais?«

»Im Haus des Todes!« sagte ich hart.

»Wie aufregend.« Brigit drückte fest meine Hand. »Wie wahnsinnig aufregend.«

Ich sah ihr nach, wie sie schnell die Straße hinablief. Die blonden Locken auf ihrem Kopf flatterten. Ein bunter, schöner, schillernder Schmetterling, jung, sorglos, die Welt erobernd. »Wie aufregend!« hatte sie gesagt. Es waren die Gedanken der Jugend.

Jugend? Ich sah auf die Spitzen meiner weißen Sommerschuhe. Gehörte ich nicht mehr zur Jugend? War ich denn eine so alte Frau? 27 Jahre? Ist das schon alt? Mein Gott, wie würde es dann mit 37 sein oder mit 47 oder gar 57? Man ist mit 27 Jahren doch ein junges Mädchen, man steht doch in der Blüte des Lebens, man ist doch der Frühling, voll entfalteter, blühender Frühling. Trotz Doktortitel und Diplom, weißem Kittel und Membranstethoskop in der Manteltasche. Man ist mit 27 Jahren noch nicht alt; auch wenn Brigit mit 18 Jahren jünger ist, schäumender, gärender. Aber eine Frau von 27 Jahren liebt anders als ein dummes, kleines Mädchen von 18 Jahren. Ihre Liebe ist reifer, voller, hingebender, fordernder und schenkender. Sie ist wie ein Vulkan, der ausbricht und mit glühender Asche alles niederbrennt, Zeit, Ort, Gedanken und Vernunft. Nicht wie die Liebe eines Mädchens, die erst erweckt wird wie eine schlafende Blume und langsam erblüht, noch trunken vom langen Schlaf und sich nicht zurechtfindend in der plötzlichen, starken Sonne des Lebens.

Nein, mir war um Gaston nicht bang. Vor allem nicht

wegen Brigit.

Gedankenvoll ging ich den Weg durch den Garten zurück und betrat wieder die chirurgische Klinik. Gaston kam mir auf dem unteren Gang entgegen. Sein Gesicht war ernst.

»In einer Stunde, Gisèle«, sagte er leise. »Sie hat sich damit abgefunden. Es war ein schweres Stück Arbeit.«

»Das glaube ich dir«, antwortete ich leise.

»Ich habe dich gesucht. Warst du im Garten?«

»Ich hatte Besuch und brachte ihn auf die Straße.«

»Einen Mann?« fragte er ernst. Er sah mich von der Seite an. »Vielleicht Fioret?«

»Aber Gaston!« Ich lachte ihn an, glücklich, weil er so kritisch war. »Eifersüchtig, mein Lieber?«

»Nicht direkt! Aber ich möchte wissen, wer – falls es der Fall ist – mit mir noch an der GmbH beteiligt ist.«

»Du bist ein altes, widerliches Ekel!« sagte ich wütend und ließ ihn stehen. Ich ging auf mein Zimmer und wartete dort, bis mich eine der Schwestern zum OP holen würde.

Es dauerte nicht lange, und Gaston kam ins Zimmer. Er setzte sich wortlos auf die Ecke meines Tisches und sah mich mit zur Seite geneigtem Kopf an.

»Du hast mich vorhin Ekel genannt?« sagte er endlich.

»Ja. Wegen der GmbH.«

»Also war es doch ein Mann?«

»Nein. Eine Frau, ein Mädchen sogar. Ein kleines, dummes Mädchen, das mir von Gentilly das Essen bis hierhin brachte.«

»Und das soll ich dir glauben? Das Essen von Gentilly bis hierher? Das ist ja kalt, bis sie hier ist. Außerdem haben wir ein Ärztekasino, wo es neben Kollegenklatsch auch leidlich gutes Essen gibt! Ein Topf aus Gentilly! Und das soll ich wirklich glauben?«

»Du wirst es müssen, weil es wahr ist. Und außerdem

hatte sie eine Thermosflasche!«

»Essen in einer Thermosflasche!«

»Suppe.« Ich schlug mit der Faust auf den Tisch, denn ich sah, wie er mir immer noch nicht glaubte. »Und außerdem Nudeln mit Gulasch und als Nachtisch Pfirsiche! Hier sind sie. Ich habe sie nicht gegessen!« Ich rannte an meinen Schrank und holte das Glas heraus, setzte es auf den Tisch und warf dabei den Glasdeckel zu Boden. Klirrend zerbrach er.

»Scherben bringen Glück«, sagte Gaston und erhob sich von der Tischkante. Er trat an das Glas Pfirsiche heran und steckte den Finger hinein. Dann leckte er den Saft ab. »Sehr schmackhaft. Davon könntest du mir einen Teller anbieten!«

»Sag mal!« Ich stellte mich vor ihn hin und stemmte die Arme in die Seite. »Was fällt dir eigentlich ein? Seit kaum zwei Tagen kennen wir uns, und schon spielst du dich auf, als wenn wir zehn Jahre verheiratet wären!«

»Es kommt mir so vor, als seien wir schon ein altes Ehepaar.« Er setzte sich lächelnd hinter den Tisch und streckte die Beine weit aus. »Ich habe mich so daran gewöhnt, ständig an Gisèle zu denken, daß es eigentlich seit Jahren gar nicht anders gewesen sein kann.«

Sollte ich ihm böse sein? Konnte man ihm überhaupt böse sein, diesem großen Mann, der eifersüchtig war wie ein Primaner und dann mit einer Nonchalance und einer Sicherheit ohnegleichen die Situation rettete und das rechte Wort fand?

Ich holte Teller und Löffel und teilte die eingemachten Pfirsiche aus. Und plötzlich schmeckten sie nicht mehr bitter wie in Brigits Anwesenheit, sondern süß und herrlich fruchtig. Wir sahen uns beim Essen an und lachten und küßten uns und waren wieder glücklich.

»Wenn du mir gleichgültig wärst wie alle die Frauen, die

ich einmal besaß und dann nicht wiederkannte, könntest du zehn Männerbesuche haben. Aber ich liebe dich, Gisèle, und da habe ich immer Angst, diese Liebe könnte verraten werden.«

»Und ich darf diese Angst nicht haben?« fragte ich.

»Du wirst nie Gelegenheit dazu haben.«

»Das sagst du so sicher! Und wenn dir eine schöne Frau begegnet, schöner als ich? Und sie wirft sich dir an den Hals, sie bietet sich dir an. Du wärest kein Mann, Gaston, wenn du nein sagen würdest.«

Er lachte und schob den Glasteller fort. »Diese Frau wird es nicht geben. Wie sollte ich sie kennenlernen? Mein Leben ist wie ein Pendel. Der eine Schlag führt zur Klinik, der andere Schlag führt zu dir, und der Weg dazwischen ist Arbeit.«

»Aber das war nicht immer so, Gaston.« Ich faltete die Hände und stützte mein Kinn darauf. Ich blickte ihn an und fragte mich – wie so oft in den vergangenen Tagen –, ob das vielleicht eines der irdischen Wunder ist, daß man eines Tages einen fremden Menschen kennenlernt und plötzlich weiß, das Leben kann nicht mehr weitergehen ohne ihn. Auf einmal erkennt man, daß man bis zu dieser Begegnung nur eine Hälfte von Mensch gewesen war und der andere genau an die freie Seite paßte und das Leben nun erst richtig begonnen hatte.

»Ich habe immer meiner Arbeit den Vorzug gegeben«, antwortete Gaston.

»Das war eine deiner typischen diplomatischen Antworten«, sagte ich. »Wie war es mit den anderen Frauen?«

»Gisèle, wir wollten darüber nicht sprechen. Es ist vorbei.«

»Aber es war etwas da.«

»Ich habe einmal geglaubt, eine Frau sehr zu lieben.«

»Aha.«

»Sie hieß Lucia de Rainbru und stammte aus einem alten Geschlecht in der Normandie. Der Vater besaß Fabriken und Ländereien und war Abgeordneter im Parlament.«

»Ein sogenanntes goldenes Töchterlein also?«

»Es ist jetzt über zehn Jahre her. Unsere Familie, die Rablais, waren gut bekannt mit den de Rainbrus. Die Väter waren sich längst einig: Gaston und Lucia werden ein Paar. Das bedeutete neben Familienglück auch noch die Zusammenführung von Kapital in Höhe von damals 140 000 000 Francs. 140 Millionen, das mußte nach allgemeiner Ansicht das beste Bett für ein Eheglück sein. Ich muß zugeben: Lucia war hübsch und charmant, ein bißchen oberflächlich. Sie betrachtete Geld als etwas Vorhandenes, das man ausgeben soll. Ich war damals schon Erster Assistent bei Bocchanini, und jeder, vor allem die Väter, wußten, welche Karriere als Chirurg ich vor mir hatte.«

»Aber Lucia verstand das nicht«, unterbrach ich ihn. »Immer dasselbe.«

»Im Gegenteil. Sie verstand es sehr gut. Sie zog nach Paris. Wir wohnten sogar zusammen und führten eine Ehe auf Probe. Wir waren sogar glücklich, das heißt, ich glaubte es zu sein. Der Fusion der Millionen von Rablais und Rainbru stand eigentlich nichts im Weg. Doch: die Klinik. Von 24 Stunden am Tag gehörten damals sechzehn den Kranken, zwei Lucia. Dann fiel ich um und schlief.« Gaston räusperte sich und spielte nervös mit seinem Kompottlöffel. »Eines Tages fiel Lucia mir um den Hals und jubelte: ›Wir bekommen ein Kind!‹«

»Gaston. Du hast . . .?« Mir stockte der Atem. Ein Kind.

Gaston winkte ab.

»Man kann einem Mann, der versucht, einen Pudding an die Wand zu nageln, mit so etwas kommen, aber nicht mir als Arzt. Ich wußte genau: Das ist unmöglich. Das kann nicht sein. Ich möchte jetzt nicht von technischen Einzelheiten sprechen, aber es war einfach absurd, daß Lucia ein Kind bekommen sollte. Gut, ich nahm sie mit zu Prof. Lyndol, unserem Gynäkologen, und der bestätigte Lucias Wahrnehmung: Ja, sie bekommt ein Kind! Sie ist im 3. Monat! Ich erklärte Lyndol die Unmöglichkeit, aber um mich zu überzeugen, tat er, was man sehr ungern bei Schwangeren tut: Er röntgte sie, und ich sah auf dem Röntgenschirm den Fötus im Uterus. Klare Diagnose! Jetzt drängten unsere Väter auf Heirat, aber ich sperrte mich. Ich bin manchmal ein Pedant, Gisèle, und dieses Mal half mir das! Ich wartete die Geburt ab, so sehr die Familien von Skandal schrien, und leitete dann einen erbbiologischen Test ein. Das Urteil war vernichtend: Ich konnte gar nicht der Vater sein. Nichts stimmte überein. Bei einer Familiensitzung, in der ich die Unterlagen der verschiedenen Gutachten vortrug, brach Lucia dann zusammen: Der Vater des Kindes war ihr Reitlehrer in Paris. Sehr sinnig. Und ihre Begründung: Wer sechzehn Stunden in der Klinik verbringt und zu Hause dann einschläft, braucht sich nicht zu wundern, wenn eine junge Frau sich woanders das holt, was sie braucht! Und die immer wieder geforderte Heirat? Du lieber Himmel! Es ging schließlich um 140 MIllionen Kapital, das zusammengeführt werden sollte!«

Er legte den Kompottlöffel hin und sah mich eine Weile schweigend an. Auch ich schwieg. Das also war sein großes Erlebnis gewesen. Man wollte ihn – um ordinär mit Fioret zu sprechen – aufs Kreuz legen. Der große Gaston Rablais, die geniale Chirurgenhand Bocchaninis, der als Chef meistens nur daneben stand und Gaston allein operieren ließ mit der sarkastischen Bemerkung: »Sie tun die Arbeit, Gaston. Ich habe die Verantwortung«, diesen Mann hatte man versucht, bis zu seinem Lebensende zu betrügen.

»Und dann?« fragte ich leise. »Die folgenden Frauen?«

»Episoden.« Er wischte sich über das Gesicht. »Manchmal kam es mir vor, als seien es Racheakte.« Ich stand auf, während er weitersprach und kam um den Tisch herum. »Bis ich dich kennenlernte. Durch dich ist die Welt anders geworden, Gisèle. Du verstehst das alles. Den Pendelschlag zwischen Klinik und Privatleben. Es wird immer nur dich geben, Gisèle.«

Ich küßte ihn auf die Stirn und räumte die Teller ab. »Ich werde dich bei Gelegenheit an dieses Pendel erinnern«, sagte ich fröhlich.

Dabei dachte ich an Brigit mit ihrem tiefen Ausschnitt und dem engen Nylonkleid. Ich war beruhigt, daß alles so gekommen war.

Am Nachmittag, um halb vier Uhr, begann die Operation des Uteruskarzinoms. Zum erstenmal machte ich unter Anleitung Gastons selbständig eine Kaudalanästhesie. Das ist eine Narkose der Nervenwurzeln zwischen den Rückenmarkshäuten, dort, wo sie das Rückenmark verlassen. Mit einer langen, biegsamen Nadel wird die anästhetische Lösung in die Innenräume des Sakrums gespritzt, nachdem die Haut- und Muskelschichten für den tiefen Einstich durch Novocaininjektionen schmerzfrei gemacht wurden.

Prof. Dr. Bocchanini beobachtete genau die Anästhesierung und nickte mir zu. Auf einem Nebentisch lagen die Flaschen mit dem Blutplasma, ein Transfusionsapparat wurde herangeschoben. Vier Assistenzärzte umringten den Tisch. Bocchanini hielt das Skalpell bereits zwischen den gummibehandschuhten Fingern.

»Herz?«

»Normal.«

»Temperatur?«

Gaston stieß eine lange Nadel in die Bauchdecke der jungen Frau. Sie zeigte keinerlei Reaktion. »Narkose gut«, sagte Gaston und nickte mir anerkennend zu. »Wir können beginnen.«

Prof. Bocchanini trennte mit einem langen Schnitt, vom Nabel bis fast zur Vagina gehend, die Bauchdecke auf. Eine dünne Schicht gelbweißen Fettes quoll hervor, die Bocchanini ebenfalls durchschnitt. Das Bauchfell lag bloß. Gaston reichte die Klammern hin und zog den Schnitt auseinander.

»Schere bitte.« Bocchanini streckte die Hand aus.

Das Bauchfell wurde gespalten. Blut quoll aus der offenen Bauchhöhle hervor.

»Tupfer! Und Sauger bitte.«

Die Assistenten klammerten die Blutgefäße ab. Ein gewärmtes, steriles Tuch deckte die hervortretende Blase ab.

Ich sah zur Seite und beugte mich über den Kopf der Patientin. Sie atmete ruhig, gleichmäßig. Schweiß stand ihr auf der Stirn. Ich tupfte ihn ab und kontrollierte den Puls.

»Puls leicht flatternd«, sgte ich.

Bocchanini nickte. »Halten Sie Cardiazol bereit.«

»Jawohl.«

Es war heiß unter den großen, runden Operationslampen, die von der Decke brannten. Der Geruch von Blut, Jod, Eiter und Schweiß durchzog den Raum, klebte an den Kleidern, im Gaumen, schmeckte man auf der Zunge.

Ich hockte am Kopf der Frau und blickte nicht mehr auf das Operationsfeld. Ich konnte es nicht sehen, aber ich hörte, wie Gaston laut sagte: »Verdammte Schweinerei! Die Metastasen sind inoperabel!«

Inoperabel. Das Todesurteil des Krebses!

Ich beugte mich über das schöne, schlafende, gelöste

Gesicht der Frau und streichelte es. Noch zwei Jahre, dachte ich. Nur noch höchstens zwei Jahre. Dann wird diese schöne Hülle, diese strahlend junge Hülle zerfallen sein, ausgezehrt, mager, bleich, vergehend.

Mein Gott, was ist der Mensch? Wie kurz ist sein Leben. Soll man nicht jede Stunde genießen? Jede Minute des Tages, die unwiederbringbar verloren ist, wenn die Sonne hinter den Dächern versinkt? Jede Minute ist kostbar im Leben, denn nur Minuten sind es, die wir im Leben wirklich glücklich sind. Nur Minuten . . .

Die Stimme Gastons schreckte mich auf.

»Puls?« fragte er.

»55«, sagte ich.

»Cardiazol!«

Ich setzte die Nadel ein und drückte die wasserhelle Flüssigkeit in die Vene.

»Puls 65«, sagte ich nach einer Weile.

»Puls halten.«

Gaston beugte sich wieder über die riesige Operationswunde. Blutige Fleischstücke klatschten in einen Emailleeimer, der neben dem Tisch stand. Eine längliche, schwabbende, blutverschmierte Masse. Der Uterus.

Ich sah wieder zur Seite. Mir wurde übel.

Und endlos, endlos langsam verging die Zeit.

Am Wochenende beschlossen wir, nach Auteuil hinaus zu fahren.

Auteuil ist eine der vornehmsten Gegenden von Paris. Sie liegt nahe dem Bois de Boulogne und der bekannten Rennbahn von Longchamp. Ein Sonntag auf dem Champ de Courses oder entlang am Lac Supérieur und Lac Inférieur bedeutet eine interne Modenschau der neuesten Dior- und Yves-St.-Laurent-Modelle. Die Hochfinanz der Seinestadt trifft sich hier zu einem Stelldichein. Hier ist man »unter sich«, hier regiert der graue Cut und der graue Zylinder von Longchamp genau so souverän wie der Federhut der Marquise und das gewagte Kleid des Starmannequins Bébé.

In Auteuil, in der Rue de Ranelagh, kannte Gaston ein kleines, intimes Hotel, in dem er ein Zimmer bestellt hatte. Er hatte mich vorher nicht gefragt, ob es mir recht sei, er war einfach zu mir ins Zimmer gekommen, zwischen zwei Visiten, und hatte gesagt: »Am Sonntag werden wir in Auteuil schlafen. Das Zimmer ist reserviert.«

»Auteuil ist Paris, Gaston«, wagte ich zu bedenken. An eine Abwehr dachte ich gar nicht, so selbstverständlich war es für mich, daß wir den Sonntag gemeinsam verbrachten und uns auch nicht in der Nacht trennen würden. »Man könnte uns erkennen, Bekannte treffen . . .«

»Am Tage, aber nicht in der Dunkelheit auf der Rue de Ranelagh! Wer in Auteuil verkehrt, sitzt am Abend entweder in Longchamp beim Champagner oder in der ›Picanderie‹ am Palais de Trocadéro.«

Seine Argumentation war einleuchtend, zudem hatte er das Zimmer ja bereits bestellt, was bewies, daß er sich von dem Gedanken, nach Auteuil zu fahren, nicht mehr abbringen ließ.

Eine Schwierigkeit allerdings tauchte auf, an die ich vorher nicht gedacht hatte und die es zu überwinden galt, wenn aus unserer »Liebesfahrt«, wie Gaston es nannte, etwas werden sollte: Brigit!

Sie hatte sich vorgenommen, ohne mich zu fragen, daß wir am Sonntag nach Versailles fahren würden, um dort die Filmarbeiten zu einem großen historischen Film anzusehen, den Claude Chabrol am Schloß von Versailles drehte. Mißtrauisch sah sie deshalb zu, als ich einen kleinen Koffer packte, einen seidenen Pyjama hinzulegte (ich würde ihn nicht brauchen, das wußte ich, aber ich nahm

ihn mit, weil es sittsamer aussieht, mit einer Nachtbeklei-
dung zu verreisen), Puder, Creme, Zahnpasta und Zahn-
bürste daneben schichtete und einen dünnen Frisierum-
hang über alles deckte.

»Du willst verreisen?« fragte sie von der Couch her, wo
sie in langen, engen Hosen lag und in einem neuen Roman
der Sagan las.

»Ja.«

»Wohin denn?«

Ich stutzte einen Augenblick. In der Freude, mit Gaston
zwei Tage verbringen zu können, hatte ich mir keine Aus-
rede zurechtgelegt, falls man mich fragen sollte. Nun
stockte ich mit der Antwort. Einen Einfall, dachte ich.
Wenn mir doch bloß ein Einfall käme.

»Ich besuche eine Tagung«, antwortete ich schnell.

»Eine Tagung? Am Sonnabend und Sonntag?«

»Tagungen finden immer an Wochenenden statt, weil
die Ärzte sonst schlecht frei bekommen. Ich komme am
Montagmorgen wieder.«

»Und wo ist die Tagung?«

»Wo? Ja, wo denn? Irgendein Ort; es ist ja gleich, welcher. In Toulon«, sagte ich.

»Toulon?« Brigit richtete sich auf. Ihr enger Pullover
überspannte ihre straffe Brust. Wenn Gaston sie so sehen
würde, ich glaube, ich hätte doch Angst, durchfuhr es
mich. »Toulon kenne ich noch nicht. Ich fahre mit.«

»Aber das geht doch nicht!« Ich ließ entsetzt ein Unter-
kleid fallen, das ich in der Hand hielt. »Was willst du denn
bei der Tagung?«

»Die Tagung interessiert mich nicht. Aber die Stadt!
Während du dir die dummen Vorträge anhörst, wie man
am besten Bäuche aufschneidet, bummele ich durch die
Straßen. Wir treffen uns dann irgendwo. Du wirst doch
nicht zwei Tage lang ununterbrochen Tagungen haben!«

»Es geht nicht!« sagte ich schroff.

»Ach! Fährt etwa Dr. Rablais mit?«

»Nein! Der eingebildete Affe fährt nicht mit!« Ich war wütend und schrie es heraus. Brigit sah mich mit zur Seite geneigtem Kopf kritisch an. Plötzlich lächelte sie. Ihr schien etwas durch den schönen Kopf gegangen zu sein.

»Er fährt nicht mit?« fragte sie leise.

»Nein!« Wütend packte ich meinen Koffer zu Ende.

»Hm.« Sie sprang auf und trat neben mich. »Ist Toulon schön?«

»Ich weiß es nicht. Ich fahre zum erstenmal dahin. Aber nun laß mich in Ruhe, Brigit.«

»Bitte, Gisèle, bitte. Wenn du nicht willst, daß ich mitfahre, bleibe ich eben hier!« Sie schob schnippisch die Unterlippe vor und zuckte mit den Schultern. »Das Aschenputtel darf man spielen, aber ein bißchen Freude wird einem nicht gegönnt!«

»Brigit, hör mal!« Ich nahm ihren widerstrebenden Arm und zog sie zu mir heran. Ich gab mir Mühe, ruhig zu sein. Innerlich glühte ich vor Freude, Brigit verzichten zu sehen. »So eine Tagung ist etwas sehr Anstrengendes. Wir hätten nichts von diesen zwei Tagen. Aber wenn es einmal möglich ist, dann fahren wir zwei ganz allein irgendwohin und werden uns dann richtig freuen. Ja, Brigit?«

»Ja, Gisèle.« Sie nickte und gab mir die Hand. »Verzeih, daß ich eben so böse war. Du bist eben doch meine große, kluge Schwester . . .«

Sie begleitete mich bis zur Tür, als ich fortging, und sie winkte mir nach, bis ich in eine Taxe stieg, um – wie sie glaubte – mich zum Gare d'Orléans fahren zu lassen. Ich winkte durch das Fenster zurück und nannte dann dem Fahrer den Platz, wo mich Gaston erwartete. Champ de Mars, am Eiffelturm.

Aufatmend legte ich mich in die Polster zurück, während der Wagen schnell durch die Straßen glitt.

Zwei Tage mit Gaston. Zwei Tage und zwei Nächte.

Ach, Gaston. Ich bin verliebt wie ein kleines Mädchen. Ich habe Herzklopfen, und es würgt mir im Hals, wenn ich an das Zimmer in der Rue du Ranelagh denke, an den kleinen Palast unserer heimlichen, uns verzehrenden Liebe.

Ach, Gaston – ich bin ja so glücklich.

An diesem Samstagabend fand auf der Rennbahn von Longchamp eine Veranstaltung statt. Kein Pferderennen auf der wundervollen Bahn, sondern auf dem großen Rasen zwischen der Rennbahn zeigten verwegene Autoartisten gewagte Kunststücke mit rasenden Wagen. Es war eine Truppe, ähnlich der bekannten amerikanischen Todesfahrer, die Autos von Sprungbrettern abschnellen lassen, die im fliegenden Wagen Saltos drehen, die ihr Fahrzeug durch brennende Reifen und Tore jagen und mit 100 km Geschwindigkeit aufeinander losrasen und zusammenprallen. Ritterspiele des 20. Jahrhunderts, moderne Gladiatoren vor einer schreienden Masse Mensch. Es war, als ob zwischen den zirzensischen Spielen Roms und dem Hippodrome de Longchamp keine 2000 Jahre liegen würden. Das weite Rund des Rennplatzes glich einem Hexenkessel. Man schloß Wetten ab, welcher Wagen zuerst zerstört würde, welcher Fahrer gleich auf einer Bahre weggetragen werden würde, wer beim Sprung durch das Feuertor in Flammen aufgehen könnte.

Ich sah zum erstenmal solche sinnlosen und doch verwegenen Spiele und klammerte mich ängstlich an Gaston fest, als ein großer, weißer Wagen mit der Nummer 13 hoch in die Luft geschleudert wurde und mit dem Dach nach unten wieder auf den Rasen knallte. Unter dem frenetischen Beifall der Menge kroch der Fahrer in einer weißen Rennfahrerkluft und einem weißen Sturzhelm unverletzt unter dem Wagen hervor und verbeugte sich nach allen Seiten.

»Schrecklich«, sagte ich zu Gaston und drückte mich an ihn. »Laß uns fortgehen. Das ist ja Selbstmord!«

Gaston nickte und wies mit dem Kinn auf den Fahrer mit dem weißen Sturzhelm. »Das ist Jeróme Senlis, ein ehemals sehr bekannter Rennfahrer von Maserati. Er stand kurz vor der Automobilweltmeisterschaft, als er einen Unfall hatte – auf der Bahn von Monza – und sich einen Oberschenkelhalsbruch und Quetschungen der Wirbelsäule zuzog. Der Traum vom Rennfahrer war damit ausgeträumt, der Sportarzt gab ihm keine Starterlaubnis mehr. Da ging er zu der Todesfahrer-Truppe und ist seitdem die Attraktion der Vorführung. Er wird nachher von einem Sprungbrett zehn Meter durch die Luft und durch einen großen Flammenreifen geschleudert werden. Es ist ein Spiel mit dem Tode, in des Wortes wahrer Bedeutung! Aber was tut man nicht alles, um Geld zu verdienen? Als Rennfahrer ist er unbrauchbar geworden.«

»Schrecklich! Wollen wir uns das auch noch ansehen?«

Gaston blickte auf seine goldene Armbanduhr. »Für das Hotel ist es noch zu früh, mein Liebes«, sagte er mir leise ins Ohr. Ich schauerte unter der Berührung seiner Lippen zusammen und nickte.

»Wir könnten durch den Bois gehen, Gaston.«

»Dort werden wir garantiert gesehen, aber hier, in der johlenden Masse – hier gehen wir unter.«

Er hatte recht, wie er immer recht hatte. Was er dachte, was er tat, was er sagte, immer war alles logisch, unwiderlegbar, festgefügt und damit widerspruchslos.

In diesem Augenblick geschah etwas Merkwürdiges. Jeróme Senlis, der lächelnd aus dem Wagen geklettert war und sich für den Beifall bedankte, knickte plötzlich in den

Beinen zusammen und fiel nach vornüber auf das Gesicht. Er lag im Rasen, ohne sich zu rühren, als habe er einen Schlag bekommen. Während die anderen Wagen weiterhin ihre Kunststücke zeigten, und die Zuschauer etwas betreten und abwartend auf die liegende weiße Gestalt blickten, hatte sich Gaston von mir gelöst und sich durch die Reihen der Stehenden gedrückt. Mit einem Sprung setzte er über den hölzernen Zaun, der die Rennbahn von den Zuschauern trennte und rannte in langen Sätzen auf Senlis zu. Fast gleichzeitig trafen vier Sanitäter und ein anderer Arzt bei dem Todesfahrer ein und beugten sich über ihn. Ich sah, wie Gaston mit dem anderen Arzt sprach, die Sanitäter hoben die weiße Gestalt auf und legten sie auf die mitgebrachte Bahre. Dann rannte Gaston zurück, dem großen Gebäude des Totalisators zu und winkte mir beim Laufen zu, nachzukommen.

Ein Wagen, der heulend eine Ziegelsteinmauer durchbrach, lenkte die Zuschauer ab. Ich kam, ohne viele Fragen zu beantworten, schnell zum Totalisator und sah dort Gaston schon an seinem Wagen stehen. Sein Gesicht war von Schweiß überzogen, die braunen Haare hingen ihm vor den Augen, sein Hemdkragen war aufgeweicht. Er zog mich in den Wagen und setzte sich schweratmend hinter das Steuer.

»Wir müssen zur Klinik, Liebes«, sagte er heiser.

»Senlis?«

»Ja. Er muß innere Blutungen bekommen haben. Vielleicht einen Lungenriß! Wenn er atmet, spuckt er blutigen Schaum. Er muß sofort operiert werden.«

Ich nickte. »Ade du Zimmer in Auteuil«, sagte ich leise.

Gaston legte den Arm um meine Schulter und zog mich an sich. »Wir haben noch den Sonntag vor uns, Liebes.« Seine Stimme war so zärtlich wie noch nie. »Es geht jetzt um ein Menschenleben.«

Ich nickte wieder. »Unser Beruf«, sagte ich, schwach lächelnd. »Wie sagte unser Professor: ›Der Arzt steht immer an der vordersten Front.‹ Er ist der ewige Soldat!«

Während mit heulenden Sirenen der Krankenwagen an uns vorbeiraste, fuhren auch wir auf dem kürzesten Weg zur Klinik und kamen vor der Aufnahme an, als die Bahre mit dem ohnmächtigen Senlis ausgeladen wurde. Ein junger Assistenzarzt begleitete den Verletzten zum OP, während Gaston und ich uns umzogen und in den Vorbereitungsraum gingen. Die OP-Schwester hatte bereits das Nötigste vorbereitet, ein Pfleger wusch Senlis, den man ausgezogen hatte und der nun nackt auf dem Tisch lag. Auf seiner Brust sammelte sich der blutige Schaum, den er ausatmete.

»Hast du Ahnung in der Thoraxanästhesie?« fragte mich Gaston, während wir die Hände und Arme schrubbten.

Ich nickte bejahend. Die Kehle war mir wie zugeschnürt. Ich sah hinüber auf den schönen, schlanken, nackten Körper des Rennfahrers. Sein Leib war muskulös, die Schultern breit, die Oberschenkel eine Ansammlung von Muskeln, die sich durch die Haut drückten. Beim Anblick seiner Nacktheit dachte ich einen Augenblick wieder an den verlorenen Abend mit Gaston und an seinen Körper, wenn er neben mir lag, ermattet nach einem Rausch, der uns fast irrsinnig machte, leicht überzogen mit Schweiß, unter der Haut noch zitternd vor abklingender, kaum gebändigter Lust. Dann hatte ich manchmal den tierischen Drang, in diesen braunen, herrlichen Körper hineinzubeißen, mich wie ein Vampir an ihm festzusaugen und ihn nicht wieder herzugeben.

»Puls?« rief Gaston zur OP-Schwester hinüber, die neben Senlis stand. Sein Ruf schreckte mich aus meinen wollüstigen Gedanken auf. Ich beugte mich über das Waschbecken und spülte die Seife von den Armen und Händen.

Ich schämte mich meiner Gedanken in diesem Augenblick, wo Gaston und ich um ein Leben ringen mußten.

»Kaum tastbar, fast pulslos.«

»Pneumonektomie. Bauchlage, seitlich kippen.«

Jeróme Senlis wurde auf dem schmalen OP-Tisch festgeschnallt. Gaston ließ sich bereits die Handschuhe überziehen, während ich noch immer die Hände zum Trocknen über die sterile Heißluftanlage hielt.

»Fertig, Dr. Parnasse?« rief Gaston.

Dr. Parnasse! Das war ich! Dr. Gisèle Parnasse!

»Ja«, antwortete ich. »Ich beginne sofort mit der Druckausgleichnarkose.«

Was dann folgte, waren zwei Stunden eines Kampfes, den ich nie mehr erleben möchte. Senlis hatte sich bei dem Autosturz wirklich einen totalen Lungenriß zugezogen, und Gaston resektierte die zerstörte Lunge und versuchte, im Pleuraraum soviel wie möglich zu reinigen, um einer Pleuritis oder einem Empyem vorzubeugen, die wiederum eine Öffnung der Pleurahöhle nach sich ziehen würde.

Die Operation war schrecklich. Sie war nicht dramatisch, wie man so gerne sagt und wie es viele Schriftsteller beschreiben. Sie war einfach schrecklich. Die große Wunde, die Lungenlappen und das Blut, der Kampf um den Puls und das Herz, das durch dauernde Transfusionen zum Schlagen gezwungen wurde, die immer wieder sich ändernde, diffizile Anästhesie. Alles war so furchtbar, daß ich sitzen blieb, steif, wie gelähmt, wie hypnotisiert, als die Operation endlich vorüber war und Senlis in sein kleines, von den anderen Räumen abgelegenes Zimmer gerollt wurde, in das berühmte kleine Zimmer, das jedes Krankenhaus besitzt und aus dem kaum ein Kranker wieder lebend herausgekommen ist. Ich war nicht mehr fähig, mich zu erheben, die nervliche Belastung drückte mich nieder. Erst als Gaston zu mir trat und mich an die Schulter faßte, schaute ich auf.

»Müde, Dr. Parnasse?« fragte er.

»Total zerschlagen, Herr Oberarzt«, sagte ich. »Ich kann einfach nicht mehr.«

»Ich kenne diesen Zustand.« Er faßte mich unter und zog mich vom Stuhl empor. »Nach zwei Kognaks ist das wieder vorbei.« Und leise fügte er hinzu. »Und nach zwei Küssen.«

Ich lächelte schwach. Küssen, dachte ich. Selbst das könnte ich jetzt nicht mehr. Ich bin am Ende . . .

Aber der Mensch ist ein Titan, wenn er liebt!

Die Nacht verbrachten wir nicht in dem kleinen Hotel in der Rue du Ranelagh bei Auteuil, sondern wieder im Zimmer Gastons, und es war eine Nacht, die mich vergessen ließ, daß wir am Mittag ausgezogen waren, um in einer Verschwiegenheit, in einer kleinen, nur uns gehörenden Welt glücklich zu sein. Es war, als ob die Anstrengung der Operation in Gaston die letzten Kräfte freigelegt hätte. Er war wie ein wilder Sturm, wie ein Taifun, der über mich kam; er schien mich zu zerreißen, er war wie ein Kannibale, keine Stelle meines Körpers entging seiner Wildheit, er zerstörte mich in einem Rausch, der flammend und doch wunderbar war, der mich schreien und jammern ließ und von dem ich doch wünschte, daß er nie, nie aufhörte und mich völlig verbrennen möge.

Erst gegen Morgen lagen wir mit rasendem Puls und flatterndem Herzen nebeneinander. Ich hatte mich in seine Armbeuge gekuschelt und spielte mit den Locken auf seiner Brust. Der männlich-herbe Geruch seines Schweißes umgab mich wie ein Nachwehen unseres Vergessens.

Gaston rauchte in hastigen Zügen eine Zigarette. Ein Glas Beaujoulais stand neben dem Bett auf dem weißlakkierten Nachttisch.

»Vermißt du Auteuil?« fragte er leise in die stille Dunkelheit hinein.

»Nein.« Ich streichelte ihn. »Nicht mehr.«

»Aber du hättest es vermißt?«

»Sehr.«

»Warum eigentlich? Ist es Liebe, die uns zusammenführt? Ist es nur die Lust, zu leben . . . oder was ist es sonst?«

»Das fragst du mich? Du müßtest es wissen.«

»Ich? Warum?«

»Weil du doch immer so klug bist. Ich habe eigentlich nie darüber nachgedacht, warum wir uns lieben. Ich habe es hingenommen wie ein Naturereignis, wie Regen und Wind, Sonne und Finsternis. Es mußte einfach so sein. Du und ich! Wir haben uns gefunden, und wir werden uns verlieren, ohne lange zu fragen.«

»Was redest du da für eine Dummheit?« Gaston drehte sich auf die Seite und sah mich böse an. »Warum sollen wir nicht heiraten?«

»Dazu kennen wir uns zuwenig.«

»Das stimmt.« Er nickte und drückte seine Zigarette in dem Aschenbecher auf dem Nachttisch aus. Danach trank er einen Schluck Beaujolais. »Willst du auch?« fragte er.

»Nein. Danke.«

Er stellte das Glas zurück und ließ sich wieder auf den Rücken fallen. »Sechs Uhr früh«, sagte er sinnend. »Jetzt messen sie auf den Stationen das Fieber. Um halb neun kommt Bocchanini. Laß uns noch eine Stunde schlafen.«

Er schloß die Augen, und ich sah voll Erstaunen, wie er nach wenigen Minuten ruhig durchatmete und tief schlief. Leise erhob ich mich, wusch mich, kleidete mich an und verließ dann auf Zehenspitzen das Zimmer.

Der Gang zu den Stationen war noch unbelebt, die Schwestern arbeiteten in den Zimmern. Ich atmete auf, während ich um die Wandecke durch die große Glastür auf die Gänge spähte. Unbemerkt konnte ich durch den Flur rennen und im Arztzimmer Gastons verschwinden. Wenn jetzt jemand kommen würde, konnte keiner auf den Gedanken verfallen, daß ich die Nacht bei Oberarzt Dr. Rablais verbracht hatte. Ich saß an Gastons Tisch und las die Rapporte durch, die von den einzelnen Stationen und den Nachtwachen bereits vorlagen.

Dabei blätterte ich auch die Notizen durch, die verstreut zwischen Röntgenplatten und Krankheitsblättern auf dem Tisch lagen und stieß auf einen schmalen Zettel. Schwester Angèle hatte darauf geschrieben: »Sonnabend nachmittag, 16 Uhr, Vorsprechen eines Fräuleins Brigit Parnasse. Da Herr Oberarzt nicht anwesend waren und Fräulein Parnasse nur von Herrn Oberarzt untersucht werden wollte, verließ sie sofort wieder die Klinik.«

Ich starrte auf den kleinen Zettel, und ein eiskaltes, schüttelfrostartiges Gefühl durchzog mich. Brigit! Darum hatte sie sofort auf die angebliche Reise nach Toulon verzichtet, als sie erfuhr, daß Gaston nicht mitfahren würde. Und sie war, kaum, daß ich aus dem Hause war, zur Klinik gefahren, um als »Patientin« Gaston zu sehen, zu sprechen und . . . und . . .

Brigit!

Ein Gefühl der Angst und des Bewußtseins der Gefahr bemächtigte sich meiner. Ich riß den kleinen Zettel an mich, nahm Gastons Tischfeuerzeug und ließ das Papier aufflammen. Die wenige, grauweiße Asche zerrieb ich zwischen den Handflächen und staubte sie dann in den Papierkorb.

Brigit mußte fort aus Paris. Das wußte ich jetzt. Sie durfte nicht länger in einer Stadt bleiben, in der Gaston und ich uns liebten. Früher oder später würde sie erfahren, wo ich die Abende über blieb, oder sie würde es mit allen

Listen schaffen, mit Gaston allein zusammenzukommen. Ich dachte an ihre engen, ausgeschnittenen Pullover mit den festen, runden Brüsten darunter, an die engen, langen Hosen, das lockige Haar, die blutroten Lippen und ihre wundervolle Jugend, und ich wußte, daß sie nie, nie Gaston gegenübertreten durfte, sollte es nicht ein Familiendrama geben, das an die großen griechischen Tragödien erinnerte.

Während auf den Gängen das Krankenhausleben erwachte und ein Krankenpfleger mit einem kurzen Gruß hereinkam und einige Fiebertabellen auf den Tisch legte, grübelte ich darüber nach und zermarterte mir den Kopf, wie ich Brigit aus Paris weglocken konnte.

Mir fiel nichts ein. Ich war wie leergebrannt nach dieser wilden Nacht in Gastons Armen. Ich war wie Schlacke, die nicht mehr entflammbar ist, wie eine Schale, deren Kern verloren ging und die nun hohl in der Sonne liegt und verdorrt.

Ich mußte Brigit weglocken. Das eine war sicher. Nicht mit Gewalt, nicht so, daß sie Argwohn schöpfte, sondern sie mußte von selbst gehen, getrieben von einer Notwendigkeit, die alle ihre geheimen Pläne zunichte machte.

Häßliche Gedanken kamen mir: Ein Telegramm der Eltern, sofort zu kommen, weil der Vater erkrankt sei. Aber das wäre nicht logisch genug, denn bei Krankheit telegrafiert man bestimmt der Tochter, die Ärztin ist, und nicht einem Mädchen, das Innenarchitektur studierte. Oder ein Telefonanruf einer Kunsthandlung, irgendwo im Süden Frankreichs, mit ihrer Mappe von Zeichnungen zu kommen. Brigit hatte auch sehr schöne Aquarelle gemalt, außerdem wundervolle, zarte Federzeichnungen und Kostümentwürfe, die sich lohnten, ausgestellt zu werden. Ehe sie dann im Süden merkte, daß alles nur ein fingierter Anruf war, würden Gaston und ich aus Paris fort sein, irgendwo in der Einsamkeit. Gaston wollte Ferien machen. Bis zum Tage unserer Abreise mußte Brigit also aus Paris ferngehalten werden.

Hinter meinem Rücken klappte eine Tür. Gastons Hand lag auf meiner Schulter. »Hier bist du?« sagte er erleichtert. »Als ich erwachte und du warst nicht mehr neben mir, dachte ich, du seist weggelaufen.«

»Weggelaufen?«

»Ja, in einem Anfall von Reue.«

»Was sollte ich bereuen?« Ich drehte mich um und sah in seine strahlenden Augen. »Daß ich dich liebe, Gaston? Das werde ich nie bereuen!« Und plötzlich sagte ich: »Wann verreisen wir?«

»Verreisen?«

»Ja. Dein Urlaub.«

»In 14 Tagen!«

»Geht es nicht früher? Vielleicht schon nächste Woche?«

Gaston hob die Schultern. »Ich will Bocchanini fragen. Vielleicht, Liebes. Ich werde gleich nach der Visite mit ihm sprechen.«

Eine Woche Zeit! Eine Woche stiller, verbissener, blutigernster Kampf gegen Brigit, die eigene Schwester. Brigit, die nicht ahnte, daß ich die Geliebte Gastons war und die ihm nachlief wie die Katze dem Baldrian.

Die Stationsschwester der chirurgischen Station I trat ins Zimmer. Ihr Gesicht war alt und zerfurcht und wurde von der großen weißen Haube umflattert.

»Der Neueingang fiebert«, sagte sie.

»Senlis?«

»Er hatte eine unruhige Nacht. Jetzt verlangt er immer nach einem Fräulein Abonice. Babette Abonice.«

»Ich gehe gleich zu ihm.« Gaston zog den weißen Visitenmantel über und knöpfte ihn sorgfältig zu. Dann nahm er das Membranstethoskop vom Tisch und stopfte es in die Tasche.

»Kommen Sie mit, Dr. Parnasse?« fragte er mich.

»Ja, Herr Oberarzt. Auf Station II ist heute nacht der Magenkarzinom gestorben.«

»Kommen Sie.«

Gaston ging uns voran aus dem Zimmer. Auf dem langen Gang trafen wir Prof. Dr. Bocchanini, der gerade mit seinem Wagen vorgefahren war. In der Hand hielt er die Morgenausgabe des »Paris Journal«.

»Der Rennfahrer Senlis ist verunglückt?« sagte er, indem er vor uns stehen blieb. »Wissen Sie, wohin man ihn gebracht hat? Hier steht nur – in eine Klinik.«

»Er liegt auf Zimmer 34, Herr Professor.«

»Auf Zimmer . . .« Bocchanini stockte, dann überzog ein Lächeln sein altes Gesicht. »Sie sind ein Teufelskerl, Dr. Rablais. Das wird für unsere Klinik eine fabelhafte Reklame sein!«

Jeróme Senlis lag mit geschlossenen Augen im Bett. Sein Gesicht war eingefallen, wächsern, der Atem ging röchelnd. Gaston und Bocchanini, der sofort mitgekommen war, beugten sich über ihn und sahen kurz zu dem jungen Volontärarzt hinüber, der nach der Operation die Nachtwache übernommen hatte.

»Blutatmen?« fragte Gaston. In seiner Stimme lag eine verhaltene Erregung. War die Resektion des Lungenflügels mißlungen? Hatte er etwas in der Pleurahöhle übersehen? Waren Blutreste zurückgeblieben, die jetzt eine Pleuritis erzeugten?

Jeróme Senlis war nicht mehr bei Besinnung. Die Haut unter den Fingernägeln war weiß, blutleer. Um Nase und Mund zog sich ein heller Kreis. Ich hatte so etwas oft gesehen bei Menschen, die starben. Es sind die ersten Anzeichen, daß das Leben aus dem Körper entflieht. Die Boten der ewigen Dunkelheit.

Der junge Arzt schüttelte den Kopf. »Nein, Herr Oberarzt. Der Atem ist normal. Nur das Fieber. Plötzlich auftretend mit 41,3!«

»Pleuritis!« Prof. Bocchanini deckte den Körper des Rennfahrers wieder zu. »Geben Sie Penicillin und Streptomycin. Und dreimal täglich Traubenzucker intravenös. Am besten ist, wir setzen einen Dauertropf an. Hat er Verwandte oder . . .«

Gaston nickte. »Er verlangt – wie die Nachtschwester sagte – immer nach einer Babette Abonice.«

»Vielleicht seine Braut.«

»Ich nehme es an.«

»Sie haben ihre Adresse?«

»Ich lasse sie eben feststellen. Sobald wir sie haben, schicke ich einen Wagen hin.«

»Gut.« Bocchanini verließ das Zimmer. Wir folgten ihm, während der junge Arzt im Zimmer zurückblieb und die Penicillininjektion vorbereitete. Auf dem Flur lehnte sich Bocchanini an die Wand und sah uns ernst an. »Ihre Operation war gut«, sagte er zu Gaston. »Ich hätte in diesem Augenblick nicht anders gehandelt, Rablais. Nur scheint mir, daß Sie bei der Ausräumung der Pleurahöhle ein winziges Blutfleckchen übersehen haben. Daher die Pleuritis! Wir müssen Senlis durchbekommen, Rablais. Solch ein Paradepferd bekommt unsere Klinik so schnell nicht wieder. Haben Sie die Presse schon unterrichtet, Rablais?«

»Ich wollte erst Ihre Entscheidung abwarten, Herr Professor.«

»Gut. Ich werde die nötigen Informationen selbst herausgeben. Sonst noch etwas?«

»Exitus des Magenkarzinoms.«

»War vorauszusehen.« Bocchanini nickte mir zu. Ich war damit entlassen und konnte auf Station gehen. Gaston folgte dem Professor in das große Chefzimmer. Dort würde er ihn jetzt wegen des Urlaubs fragen, wegen unseres Urlaubs, der weitab von allen Menschen, die uns störten, weit weg von Verbänden und Narkosegeräten, Skalpellen und Ligaturen, Venenklammern und Spreizern stattfinden sollte. Nur unsere Liebe sollte um uns sein, nur das Erwachen und das Einschlafen in seinen Armen, nur die selige Müdigkeit, aus der das Erwachen neue Ekstase und neue Seligkeiten bedeutete.

Und vor allem weit weg von Brigit!

In diesem Augenblick entsann ich mich, daß Brigit neulich von einem Kunsthändler gesprochen hatte, der in der Bretagne wohnte und ihr einmal ein Bild – ein Aquarell – abgekauft hatte, als er zu einer Ausstellung nach Paris gekommen war. Er wohnte in St. Brieuc, am Golf von St. Malo.

Diesem plötzlichen Einfall folgend setzte ich ein Telegramm auf, das ich telefonisch durchgab. Es lautete: »Bitte nach St. Brieuc zu kommen wegen Auftrag eines Kunstfreundes stopp Auftrag könnte Sie unabhängig machen, da Auftraggeber sehr reich stopp Persönliche Aussprache dringend erforderlich stopp Am besten sofort stopp. P. Lorrain.«

Ich bat, dieses Telegramm erst am Abend zuzustellen. Dann war ich zu Hause und konnte Brigit zureden. Kam es im Laufe des Tages an, würde Brigit mit dem Telegramm bestimmt in die Klinik kommen, um mich zu fragen. Das aber wollte ich vermeiden. Sie sollte Gaston nicht mehr sehen!

Nach dieser wenig schönen Tat – aber ich war bereit, für meine Liebe zu Gaston alles zu tun, sogar ein Verbrechen, wenn es notwendig sein würde! – setzte ich mich hin und hatte noch Gedanken, an die Hinterbliebenen des in der Nacht Gestorbenen zu schreiben und ihnen Trost zuzusprechen.

Nach einer Stunde kam Gaston in mein Zimmer. Er strahlte über das ganze Gesicht, seine Augen glänzten. Mit einem Jubelschrei sprang ich auf und fiel ihm um den Hals.

»Du hast es erreicht?« rief ich glücklich.

»Wir fahren schon übermorgen.«

»Übermorgen . . .«

»Für drei Wochen!« Er setzte sich auf mein Bett und zog mich auf seinen Schoß. »Drei Wochen an die Riviera. Unter einer wundervollen Sonne, umgeben von Palmen und dem Rauschen des Meeres.«

»Und schon übermorgen«, sagte ich leise. Ich wollte ihn küssen, aber ein Gedanke hinderte mich daran. »Was wird aus Senlis?« fragte ich.

»Bocchanini will ihn selbst übernehmen. Nur, wenn sich sein Zustand verschlechtert, müssen wir den Urlaub abbrechen.« Er lachte. »Übrigens habe ich Bocchanini gesagt, daß du drei Wochen zu einem Sonderkursus nach Nancy müßtest, zu einer Anästhesie-Arbeitsgemeinschaft. Ich hätte dich deshalb auch beurlaubt.«

»Du Lump. Du süßer, lieber Lump.« Ich küßte ihn wieder und fühlte in mir eine Ungeduld, die kaum zu zügeln war. Noch zwei Tage. Ach, wie lang können zwei Tage sein, wenn man auf das Glück wartet! Wir würden unsere Reise mit zwei großen Lügen beginnen – mit der Lüge an Brigit und der Lüge an Bocchanini. Aber was sind Lügen, wenn man liebt? Sind es dann überhaupt noch Lügen? Oder sind es nur verzweifelte Anstrengungen, sich dieses Glück zu erobern? Sind es nur menschliche Aufbegehrungen gegen ein Schicksal, das uns so selten schöne Stunden schenkt?

Das Telefon auf dem Tisch schellte. Ich löste mich aus Gastons Armen und nahm den Hörer ab.

»Dr. Parnasse. Ja, ich komme.«

Ein Neueingang. Eine junge Frau mit starken Blutungen, sicherlich ein Abortus. Ein junger Mann, ihr Geliebter, begleitete sie. Gaston erhob sich von meinem Bett.

»Ich komme mit«, sagte er. »Ausschabungen sind nicht Frauensache!«

Durch den langen weißen Gang mit dem hellblauen, blanken Linoleum eilten wir hinab zur Aufnahme, zwei Menschen, deren Glück kein Schmerz und kein Elend der Umgebung mehr trüben konnten.

Brigit saß an der Staffelei und malte an einem Ölbild – die Pont de Jéna mit dem Eiffelturm im Hintergrund –, als ich am Abend nach Hause kam und mich in den breiten Sessel am Fenster warf.

»Ich bin wie zerschlagen«, sagte ich und gähnte. »Den ganzen Tag auf den Beinen. Koch eine starke Tasse Kaffee, Brigit.«

»Sofort!« Sie malte einige Striche weiter mit einem Ernst, der mir fremd an ihr war. Sie fixierte immer wieder das Bild – das übrigens sehr schön zu werden versprach – und erhob sich dann, die Palette zur Seite legend.

»Soll es für das Examen sein?« fragte ich, um etwas zu sagen.

»Das Bild?«

»Ja. Natürlich.«

»Nein.« Brigit schüttelte den Kopf. »Es ist für Lorrain.«

Es gab mir einen Stich, als ich den Namen hörte. Ich muß jedenfalls sehr dumm ausgesehen haben, denn Brigit lächelte.

»Lorrain ist ein Kunsthändler in St. Brieuc«, erklärte sie.

»Du kannst dich nicht an ihn erinnern?«

»Nein, gar nicht«, log ich. Aber meine Zunge war schwer. Sie hatte das Telegramm schon bekommen, früher, als ich geglaubt hatte, aber sie kam mir nicht mit ihm entgegengesprungen, sondern setzte sich ruhig an die Staffelei und malte!

»Lorrain war der erste Kunsthändler, der mir ein Aquarell abkaufte. Damals, bei der Ausstellung der Akademie. Heute hat er mir ein Telegramm geschickt, ich solle nach St. Brieuc kommen wegen eines Auftrages!«

»Aber das ist ja wundervoll, Kleines!« Ich sprang auf und umarmte Brigit. Ich spielte die Erfreute und küßte sie auf die Wangen. »Die erste Stufe zum Ruhm!«

»Aber ich fahre nicht!« sagte Brigit hart.

Ein kalter Schauer durchfuhr mich. »Du fährst nicht?« fragte ich stockend. »Du läßt dir diese Chance entgehen?«

»Ich habe kein Geld dazu!«

»Aber Brigit! Dann gebe ich es dir!« Ich griff in meine Handtasche und wollte das Portemonnaie herausnehmen, aber Brigit winkte ab.

»Du hast ja selbst nichts, Gisèle. Dein kleines Gehalt als Assistenzärztin brauchst du selbst. Ich werde Lorrain schreiben, er soll mir das Fahrgeld schicken, sonst könnte ich nicht kommen.«

Ein eisiger Schrecken durchfuhr mich. Sie wollte an Lorrain schreiben, an den Mann, der von nichts wußte! Vielleicht hatte sie schon geschrieben. Mein Gott, das durfte nie, nie geschehen! »Hast du etwa schon geschrieben?« fragte ich so ruhig wie möglich.

»Nein.« Ich atmete auf. »Aber ich werde es gleich tun.«

»Das läßt du sein! Willst du Lorrain verärgern? Der Mann, der dir eine einmalige Chance gibt? Was telegrafiert er denn?«

»Hier.« Sie gab mir das Telegramm. Ich las es noch einmal durch, und ich empfand keine Reue, als ich den verlockkenden Text leise vor mich hinsprach und die große Hoffnung spürte, die die ahnungslose Brigit an ihn knüpfte.

»Das ist ja ein fast festes Angebot«, sagte ich sogar. »Du mußt unbedingt fahren! Vielleicht ist dies der große Sprung nach oben, auf den du immer gewartet hast! Die große Malerin Brigit Parnasse! Wie das klingt! Und wie stolz Vater und Mutter sein werden!« Ich riß aus der Handtasche ein paar Scheine, das letzte Geld, das ich besaß. »Hier, ich gebe dir das Geld. Ich werde mir morgen von Prof. Bocchanini einen Vorschuß geben lassen! Und übermorgen fährst du nach St. Brieuc!«

»Gisèle . . .« Brigit wollte noch etwas sagen, als ich ihr die Scheine in die Hand drückte. Aber ich schnitt ihr die Worte mit einer Handbewegung ab.

»Kein Wort mehr. Es ist selbstverständlich, daß ich dir helfe! Wenn sich Schwestern nicht helfen, wer sollte es dann tun?«

Einen Augenblick stand Brigit stumm im Zimmer vor ihrer Staffelei, dann fiel sie mir um den Hals und küßte mich. Sie weinte vor Glück und drückte sich eng an mich. »Du bist so lieb«, sagte sie schluchzend. »Du bist wie eine zweite Mutter.«

Ich legte den Arm um ihre Schulter und drückte sie an mich. An ihren Locken vorbei starrte ich auf das dunkle Rechteck des Fensters, hinter dessen Scheibe die Leuchtreklamen eines neuen Kinos aufzuckten.

Wie schlecht bin ich, dachte ich dabei. Wie hundsgemein bin ich! Ich betrüge sie, wie ich sie ärger nicht betrügen kann. Ich werde in ihr eine Welt zerstören, den Glauben an das Gute, Wahre, Reine. Ich werde sie enttäuschen, daß sie zeit ihres Lebens daran zu tragen haben wird. Und sie küßt mich und nennt mich eine zweite Mutter.

Ich biß mir auf die Lippen, bis es weh tat.

»Ich wünsche dir viel Glück«, sagte ich stockend. Es war mir, als sei jedes Wort in Galle getaucht und verbrenne meinen Hals.

Die halbe Nacht hindurch suchten wir aus den Mappen und Bildern Brigits die schönsten heraus. Wir trafen eine strenge Auswahl, denn Brigit sollte mit Bildern zu Lorrain reisen, die fertig waren, ausgereift, Zeugnisse ihres jungen Künstlertums.

Während wir suchten und verglichen, verwarfen und zur Seite legten, auf dem Boden sitzend, Zigaretten rauchend und einen Aperitif trinkend, stellte ich mir vor, wie sie Monsieur Lorrain benehmen würde, wenn Brigit in sein Geschäft trat und in ihrer sicheren Art sagte: »Hier bin ich!«

Lorrain würde sie gar nicht mehr kennen. Wer behält schon das Gesicht eines kleinen Mädchens, dem man einmal in Paris, aus einer Laune heraus vielleicht nur, ein Aquarell abgekauft hatte? Und nun würde da ein schönes Mädchen im Laden stehen, mit dicken Mappen unter dem Arm und sagen: »Hier bin ich!« Und Monsieur Lorrain würde antworten: »Schön, was wollen Sie?« Das würde für Brigit ein Schock sein, und bestimmt würde sie dann weinen, ganz klein und kindlich weinen.

Ich zwang mich, nicht mehr an diese verteufelt scheußliche Situation zu denken und ließ mir von Brigit, die singend durch unsere kleine Wohnung tänzelte, den Kaffee bereiten. Ich aß ein paar Bissen, legte mich dann ins Bett und löschte sofort das Licht.

Übermorgen, dachte ich, und keine Reue Brigit gegenüber hatte mehr Platz bei diesem Gefühl der Sehnsucht, übermorgen schlafe ich in den Armen Gastons ein; irgendwo an der sonnigen Riviera, umrauscht von Palmen und dem tintenblauen Mittelmeer, umweht vom Salzwind und getragen von einem immerwährenden Frühling.

So schlief ich ein, wie ein kleines, dummes Mädchen, dem man eine Puppe schenkte und das sie mit ins Bett nimmt und von ihr träumt.

Am Mittwoch fuhren wir.

Brigit verließ Paris mit dem Sieben-Uhr-Frühzug, Gaston und ich nahmen den Zug gegen Mittag. Ich hatte die Kraft, Brigit noch zum Bahnhof zu begleiten, ich trug ihr Gepäck, küßte sie und wünschte ihr sogar viel Erfolg. Dann stand ich am Bahnsteig und winkte, bis die lange, dunkle Schlange des Zuges im Nebel des frühen Tages verschwand und nur das Rattern der Räder noch durch den Morgennebel zu mir herübertönte. Ich verließ schnell den Bahnhof, ließ mich mit einem Taxi nach Hause fahren und raffte die Koffer, die ich heimlich gepackt und auf dem Bodenraum versteckt hatte.

Erst als ich mit Gaston allein in einem Abteil Erster Klasse saß und die Landschaft der Seine an uns vorbeiflog, als ich seinen Arm um meine Schulter fühlte, erst da atmete ich auf und fühlte mich von einem Druck befreit, der mein Inneres ausfüllte. War es Reue, war es doch das Gewissen?

Ich starrte auf die vorbeirasende Landschaft. Pappeln, kleine Villen, ein Flußlauf, Felder mit arbeitenden Bauern, ein paar Weinstöcke, und darüber Sonne und Frieden und stilles Glück.

»Wohin fahren wir?« fragte ich und tastete nach Gastons Hand.

»Nach Juan les Pins, Liebes.«

»Ist das nicht sehr, sehr teuer?«

»Einmal im Jahr sollten wir nicht nach Preisen fragen, sondern nur danach, ob es uns gefällt! Einmal im Jahr darf man leichtsinnig sein! Das müßte man dem Leben schuldig sein!« Er umfaßte mich, Kopf an Kopf sahen wir hinaus in die sonnige Landschaft. »Und mit dir will ich diese beiden Wochen verprassen wie ein Nabob. Ein Verschwender will ich sein – der Alltag kommt früh genug zu uns zurück. Jede Stunde, die wir verlieren, ist für immer verloren; es läßt sich nichts zurückdrehen oder aufhalten. Darum, Liebes, geizen wir mit jeder Stunde, jeder Minute, genießen wir die Freiheit, in die wir fahren.«

Der Zug ratterte dem Süden entgegen. Dijon – das Tal der Saône – Lyon – die herrliche, breite Rhone – Valence – Avignon – Arles – das Land der Troubadoure und Stierkämpfe, des schweren Weins und der herrlichen, schwarzlockigen, glutäugigen Mädchen.

Der Süden Frankreichs, die Riviera, Toulon, Fréjus, Cannes, Antibes!

Als wir in Juan les Pins ankamen, war es Nacht. Ich schlief an Gastons Schulter und wurde mit einem Kuß geweckt.

Das Ziel meiner Träume lag wie ein Märchenschloß vor mir. Tausende von Lampen erhellten den Strand, die Promenade, die Palmen, die Felsenküste, die weißen Villen in den blühenden Gärten.

Am Arme Gastons schwebte ich, vom Glück getragen, über die blumengesäumten Wege, und kein Gedanke war mehr da für die arme, kleine Brigit, die jetzt in St. Brieuc stehen würde und vor Ratlosigkeit und Verlassenheit weinte.

2

Die Villa »Maison neuf« lag auf einem Felsen, direkt über dem Meer. Wie man ein Villenhotel »Maison neuf« (Haus neun) nennen konnte, war mir ein Rätsel, denn nichts deutete darauf hin, daß es das neunte Haus von Juan les Pins war. Auch die anderen Gäste, die ich am Tisch beim Morgenkaffee fragte, wußten keine Antwort zu geben und nahmen den Namen als gegeben hin.

Von unserem Zimmer aus hatten wir einen wundervollen Blick auf das Meer und auf den Badestrand mit dem in Terrassen den Felsen hinaufgebauten Hotel Miramar, auf dessen Terrasse ein märchenhaftes Schwimmbad mit richtigem Meerwasser war, welches man unterirdisch in das große Felsenbecken pumpte. Von unserem Fenster aus sahen wir hier die »Großen« unserer Welt in der Sonne liegen oder unter bunten Sonnenschirmen und in Liegestühlen ihr Eisgetränk schlürfen. Die Helden der Leinwand sprangen hier von Sprungbrettern in das blaue Wasser, die schönsten Frauen der Welt saßen auf den steinernen Balustraden und ließen sich von den Scharen der Pressefotografen konterfeien. Reeder, Finanzmagnaten, orientalische Potentaten, alles zog vor unseren Blicken vorbei wie ein erregender, bunter, unwahrer und doch greifbarer Film. Es war ein Blick in das Herz der eleganten Welt, einer Welt der Sorglosigkeit und der Abkapselung vor aller Not.

In den ersten drei Tagen kamen wir kaum aus dem Haus heraus, nur die Mahlzeiten nahmen wir ein und zogen uns dann wieder auf das Zimmer zurück. Die Wildheit unserer

Liebe war grenzenlos. Sie schlug über uns zusammen und machte aus uns nur noch Geschöpfe, die sich ineinander-verkrallt in den Kissen wälzten und die Stunden der drei Tage mit Stöhnen, Stammeln und keuchendem Atem ausfüllten, bis die nackten Körper müde auseinanderfielen wie zwei Schalen, die man spaltet. Eine Stunde ausruhen, und dann stürzten wir uns wieder wie Tiere aufeinander, um uns voll schreiender Lust zu verbinden.

Gaston war wie ein Irrer. Seine Kraft, seine Ausdauer erschreckten und beglückten mich zugleich. Wenn ich dachte, ihn besiegt zu haben, wenn er schweißgebadet und außer Atem auf der Seite oder auf dem Bauch lag, mit geschlossenen Augen und zuckenden Lidern, entspannt, ausgesogen, mir den Triumph des Sieges überlassend, dann sah ich plötzlich meinen Irrtum ein, wenn er wieder aufsprang, seine Augen starr wurden und er über mich herstürzte und mich mit einer solchen Kraft nahm, die mich betäubte, fast mich zerriß in seinen Armen und mich besiegte, bis ich, keiner Bewegung mehr fähig, in den Kissen lag und es duldete, daß er meinen Körper mit Parfüm wusch, was ihn wiederum zu neuer Raserei trieb.

Drei Tage, in denen ich besinnungslos war vor Erfüllung und Beschenken.

Nach diesen Tagen ließ der Sturm nach. Wir fanden wieder zu der Welt und den Menschen zurück und lagen am Strand, schwammen hinaus zu den Klippen vor der Küste und sonnten uns in einem weißen Boot, das Gaston gemietet hatte.

Am sechsten Tag brach am Strand eine Panik aus.

Ein Boot, das weit vor den Klippen kreuzte, wurde plötzlich mit aller Kraft zum Land gerudert, während die Frau, die neben dem Mann auf der Hinterbank saß, hysterisch in einem fort schrie und hinaus auf das Meer zeigte.

Die Leute stauten sich auf den Felsen und am Strand,

Boote legten ab, einige Fischer rannten in die nahen Häuser und kamen mit Harpunen und großen Wurfangeln zurück.

Durch das blaue Wasser, das still wie ein Teich unter der Sonne lag, furchte eine spitze Rückenflosse. Elegant steuerte sie dem Badestrand zu, der von den schreienden Menschen geräumt wurde.

Gaston lehnte neben mir auf der Brüstung eines Strandcafés und zeigte auf das Meer hinaus. »Ein Hai!« sagte er.

Ich starrte auf die schreckliche Rückenflosse, die sich – unbeirrt von der Panik am Strand – schnell auf das Ufer zubewegte und dann vor einer der Klippen unter der Oberfläche verschwand. Von unserem Standplatz aus sahen wir dicht unter der gekräuselten Fläche einen langen, schlanken Fischkörper durch das Wasser gleiten, einen Bogen schlagen und wieder hinaus zum freien Meer schwimmen.

Am Strand stauten sich die Menschen. Auf den Terrassen der Hotels und der Cafés auf den Felsen hingen sie wie Trauben; die Boote der Fischer glitten ins Meer und wurden mit kräftigen Schlägen zu den Klippen gerudert, während der weiße Kahn, der den Hai zuerst gesehen hatte, unter einem Felsen liegenblieb. Der Mann tröstete seine weinende Frau.

»Hätte er die Badenden angegriffen?« fragte ich und umklammerte Gastons Arm. Gaston zuckte mit den Schultern.

»Aus Dalmatien hat man in letzter Zeit gehört, daß Haie öfter Badegäste angegriffen haben. Zweimal hat es sogar Tote gegeben! Aber hier, an der Riviera, habe ich noch nichts davon gehört. Meistens sind es Grundhaie, die keinen Menschen angreifen. Aber es ist durchaus möglich, daß sich ein Menschenhai von Afrika herüber bis nach Frankreich verirrt und dann zu wildern beginnt.«

»Ich werde nicht mehr baden«, sagte ich zusammenschaudernd. Der Gedanke, von einem Hai angefallen zu werden oder zusehen zu müssen, wie Gaston von ihm zerfleischt wurde, ließ mich zittern. »Nirgendwo ist das Paradies vollkommen«, sagte ich traurig. »Es gibt kein Paradies mehr.«

Wir kletterten von unserer Felsennase hinunter an den Strand und mischten uns unter die Zuschauer der Haijagd. Die Boote der Fischer hatten nun die Gewässer jenseits der Klippen erreicht und begannen, in einem großen Bogen den Hai einzukreisen, der noch immer ab und zu an die Oberfläche schoß und seine glänzende, schwarzgraue Rückenflosse zeigte. Dann ging ein Aufschrei durch die Menschenmasse. Einige zeigten auf die Flosse und schrien den Fischern zu, die ihre Boote wendeten und auf den Raubfisch zuruderten. Dabei warfen sie Grundnetze und Angeln aus, während drei Fischer mit Harpunen in der Hand am Bug der Boote standen und auf das nahe Wiederauftauchen der Rückenflosse warteten, um dann die scharfe Eisenspitze der Harpune dem Fisch in den Rücken zu stoßen.

Der Hai schwamm auf die Klippen zu. Er spürte, daß man ihn jagte, er sah die Boote auf sich zukommen, er witterte die Netze, er roch die Gefahr, der er entgegenschwamm. Wie ein Pfeil durchschnitt er das Wasser und versuchte, zwischen den Klippen ein Versteck zu finden. Seine Rückenflosse tauchte zwischen den Spitzen der Felsen auf. Dann schwamm er wieder zum Meer hinaus, machte vor den Netzen, die ihm den Weg in die offene See abschnitten, kehrt und raste zurück zu den Felsen.

Am Ufer war es jetzt still. Die Menschen standen eng aneinander am Strand und starrten gebannt auf dieses seltene Schauspiel. Sogar das Tanzorchester auf dem Plateau des Cafés »Miramar« verstummte. Die Musiker in ihren weißen Dinnerjacketts beugten sich über die Brüstung und starrten auf den gejagten Räuber der Meere.

Der Hai schwamm jetzt zwischen den Klippen herum, so schnell, gewandt und elegant in seinen Bögen und Schleifen und ruckartigen Kehren, daß die Boote vergeblich um die Klippen ruderten und die Männer mit den Harpunen zähneknirschend zusehen mußten, wie der große Fisch ihnen immer wieder entkam.

»Ein alter, gerissener Bursche«, sagte Gaston und lachte. »Es ist bestimmt nicht seine erste Jagd, die er erlebt. Er narrt sie alle. Und wenn sie müde geworden sind, wenn ihre Aufmerksamkeit nachläßt, entwischt er ihnen ins Meer hinaus.«

Ein neuer Schrei hallte über den Strand und die Felsen. Eines der Boote war den Klippen zu nahe gekommen, es kenterte, und die beiden Fischer fielen ins Meer. Im selben Augenblick tauchte auch schon die spitze Rückenflosse des Haies auf und durchfurchte das blaue Meer in Richtung auf die beiden Schwimmenden.

»Gaston!« schrie ich grell. »Der Hai greift sie an!«

Ein vielfacher Entsetzensschrei gellte über das Wasser. Die anderen Fischer warfen ihre Harpunen auf die Flosse, aber sie verfehlten sie. Von einem Felsen ertönte plötzlich ein Schuß. Dort stand ein Amerikaner und zielte mit einer Pistole auf den rasenden Fisch. Einige Frauen wandten sich ab, sie mußten gestützt werden, um nicht ohnmächtig umzusinken.

War es das Schreien der Menschen, war es der Schuß des Amerikaners oder das Umsichschlagen der schwimmenden Fischer – der Hai drehte ab und raste zurück ins Meer, wo er gegen die Netze prallte und sofort zurückschoß auf die andere Seite der Badebucht.

Die beiden Fischer hatten eine Klippe erreicht und zogen sich nun an ihr empor. Einer von ihnen blutete. Ich sah, wie er seine Hand betrachtete, dann das Hemd vom Körper riß und den nassen Stoff um den Arm wickelte.

»Hat der Hai ihn gebissen?« fragte ich Gaston. Er schüttelte den Kopf und sah zu dem Fischer hinüber, der jetzt in ein Boot kletterte, das die Klippe erreicht hatte.

»Es wird eine Verletzung sein, die er sich beim Heraufziehen an den Klippen geholt hat. Die Steine sind spitz. Aber es ist gut, daß er aus dem Wasser ist. Blutgeruch macht aus dem friedlichsten Hai eine nicht mehr aufzuhaltende Bestie.«

Das Boot mit dem Verletzten ruderte dem Land zu, während die Jagd der anderen Fischer auf den Mörderfisch weiterging.

»Komm«, sagte Gaston und zog mich mit sich fort. »Wir wollen den Fischer verbinden. Ich glaube nicht, daß einer von diesen gaffenden Menschen auch nur ein Auge für den Verletzten hat, solange die anderen den Hai jagen. Und dabei sind unter diesen Hunderten bestimmt zehn oder gar zwanzig Ärzte!«

Wir drängten uns durch die Menschenmenge, die, wie Gaston vorausgesagt hatte, keinen Anteil mehr an das dem Lande zurudernde Boot nahm, sondern auf die Seite der Bucht starrte, auf der der Hai eingekreist war und es kein Entkommen mehr für ihn gab. Es war nur noch eine Frage von Minuten, und einer der Fischer konnte die gräßliche Beute aus dem Wasser ziehen. Als das Boot mit dem Verletzten anlegte, reichte Gaston dem Fischer die Hand und ließ ihn an das Ufer springen. Dort stellte er sich als Arzt vor und wickelte das durchblutete Hemd von der Hand des Fischers.

Es war ein tiefer Riß vom Handballen bis zur Hälfte des Unterarms; durch das eingedrungene Salzwasser mußte es höllisch schmerzen. Ich sah es an dem verzerrten Gesicht des Mannes, der zitternd seinen Arm Gaston hinhielt.

»Wir müssen die Wunde erst antiseptisch auswaschen und dann vernähen«, sagte er. Er wickelte das blutige Hemd wieder um die Wunde und winkte dem Fischer zu, uns zu folgen.

Es war eine Eigenart Gastons, nie ohne seinen kleinen Instrumentenkoffer und einer gut gefüllten Reiseapotheke zu verreisen. »Ein Arzt ist immer im Dienst – auch im Urlaub«, hatte er mich belehrt, als ich mich wunderte, wie er sein Instrumentarium, das sogar für kleinere Operationen ausreichte, im Hotelzimmer auspackte. »Wie oft kommt man in die Lage, plötzlich helfen zu müssen. Ein Unfall, eine akute Erkrankung, ein Infarkt; und wenn man dann der einzige erreichbare Arzt ist, sollte man helfen können und nicht vor dem Kranken stehen und sagen: ›Es tut mir leid, aber ich habe absolut nichts bei mir.‹ Das ist eine armselige Rede, Gisèle, die ein Arzt nie sagen dürfte! Wir haben immer und überall bereit zu sein, getreu des Eides von Hippokrates, stets Helfer und Diener der Kranken zu sein.«

Wie recht er wieder hatte, sah ich jetzt. Als wir den Fischer in unserem Hotelzimmer auf das Bett legten, hatte ich bereits die Instrumententasche ausgepackt und die in sterilen Plastikhüllen liegenden Scheren, Pinzetten, Verbände und Nadeln hervorgeholt. Während ich das Catcut einfädelte, wusch Gaston die Wunde aus, streute Penicillinpuder gegen Infektionen in den großen Riß und begann dann, die Muskelschichten und die Haut zu vernähen. Abschließend gab ich ihm noch eine Tetanusinjektion gegen den Starrkrampf und ein paar Tabletten zur Schmerzlinderung.

Während der ganzen Arbeit hatte der Fischer kein Wort gesprochen. Jetzt, den Arm in einer Binde hängend, gab er uns die Hand. Was er dabei sagte, verstanden wir nicht, aber wir wußten, daß wir in diesen Minuten einen Freund gewonnen hatten, der für uns durchs Feuer ging, wenn es sein mußte.

Als wir wieder mit unserem Patienten das Hotel verließen, lag der getötete Hai am Strand, ehrfürchtig bestaunt von den Badegästen. Ein Zoologe, der zufällig anwesend war, erklärte in englischer Sprache den Fisch und erzählte von seinen Eigenheiten. Es war tatsächlich ein Menschenhai, gut 1,80 m lang, mit einem spitzlaufenden Maul und einer Reihe messerscharfer, weißer Zähne. Die tödliche Harpune stak ihm noch im Rücken, gleich hinter der spitzen Rückenflosse. Noch im Tode sah er grauenerregend aus, gefährlich und mitleidlos.

Während wir noch vor dem Fisch standen, gesellte sich uns ein Mann zu, der seine weiße Sportmütze zog und sich leicht vor mir und Gaston verbeugte. Es war der Amerikaner, der von der Felsenbrüstung aus mit der Pistole auf den Hai geschossen hatte.

Er war ein großer, sehr schlanker Mann mit einem wettergebräunten, kantigen, sehr männlichen Gesicht, das mich an das Bild eines Hollywoodhelden – war es Gary Cooper oder John Wayne – erinnerte. Er trug weiße Shorts, ein weißes Clubhemd, weiße Lederschuhe und um das rechte Handgelenk ein dünnes, goldenes Kettchen mit einem goldenen Elefanten daran. Während er Gaston die Hand entgegenstreckte, sah ich es aufblitzen. Vielleicht ein Talisman, durchfuhr es mich.

»Mein Name ist John Parkett.« Er sprach englisch, aber als sich Gaston vorstellte, sprach er sofort französisch weiter, mit jenem englischen Akzent, der unsere Sprache in dem Munde eines Amerikaners so lustig macht. »Ich habe gesehen, daß Sie den Fischer untersuchten und mitnahmen. Sind Sie Arzt?«

»Ja.« Gaston stellte mich vor. John Parkett drückte mir fest die Hand. Es war der Griff eines Tatmenschen. »Und

Sie haben auf den Hai geschossen?«

»Eine dumme Affekthandlung von mir.« Parketts Gesicht drückte ein wenig Verlegenheit aus. »Ich weiß, daß man einen Fisch nicht schießen kann, es sei denn mit dem Pfeil, wie es die Indianer am Amazonas machen. Und auch dann nur mit speziellen Pfeilen. Aber irgendwie reizte es mich, den Hai zu treffen. Ein Gedanke nur.«

»Vielleicht hat Ihr Schuß dem Fischer das Leben gerettet.«

»Glauben Sie, daß er ihn angegriffen hätte?«

»Es ist ein Menschenhai.«

John Parkett lächelte. Dabei schoben sich seine Lippen etwas empor. Er hatte blendendweiße Zähne, wie auf einer Reklame für Zahnpasta.

»Wenn ein Hai angreift, macht er das anders als dieser bequeme Bursche da. Ich habe es erlebt, bei den Molukken, da wurde unser Auslegerboot von vier Haien angegriffen. Regelrecht angegriffen. Sie versuchten, das Boot umzuwerfen. So blutrünstig und angriffslustig sind sie. Aber dieser Bursche da, um den sie soviel Geschrei machen, war fast ein Phlegmatiker.« John Parkett steckte die Hände in die Taschen seiner weißen Shorts. In dieser typischen Haltung schien er sich am wohlsten zu fühlen. »Aber deswegen wende ich mich nicht an Sie, Doc«, fuhr er in seiner nonchalanten Art fort. »Da Sie Arzt sind, habe ich einen interessanten Fall für Sie.«

»Ich bin im Urlaub«, antwortete Gaston steifer, als ich von ihm gewöhnt war. Etwas wie Mißtrauen und Ärger schwang in seiner Stimme mit.

»Eben, eben!« John Parkett war nicht aus seiner Ruhe zu bringen. »Es ist eine fabelhafte Urlaubsbeschäftigung. Ich habe einen Diener, einen Malaien, den ich von den Molukken mitbrachte. Seit sieben Monaten schleppe ich ihn von Arzt zu Arzt, von Kapazität zu Kapazität, ohne daß die gelehrten Herren wissen, was sie tun sollen. Sie stehen davor, schütteln den Kopf, stellen den armen Botu im Kolleg den Studenten vor und reden dumm herum. Getan haben sie nichts. Um es kurz zu machen: Botu, von Natur aus braun, ist seit einem Jahr blau!«

»Blau?« rief ich entgeistert. Gaston winkte ab.

»Eine Pigmenterkrankung.«

»Diese Diagnose, die bisher alle Ärzte stellten, hat sich als falsch herausgestellt. Es ist keine Pigmenterkrankung. Ebenfalls scheidet die Cyanose aus. Die typischen Merkmale fehlen alle! Aber Botu ist blau, tiefblau!« John Parkett lächelte wieder sein breites Lachen. »Ich glaube, Doc, Sie sollten sich den guten Kerl doch einmal ansehen.«

Gaston blickte auf den weißen Sand zu seinen Füßen. »Ich traue mir nicht mehr zu als die Kapazitäten auf diesem Gebiet, die Sie schon befragt haben. Ich bin ein kleiner Chirurg, der von internistischer Medizin recht wenig versteht!«

»Trotzdem! Weckt es nicht Ihren ärztlichen Ehrgeiz, sich Botu einmal anzusehen?«

Während John Parkett sprach, sah er mich unverwandt an; mit einem Blick, der mich auszuziehen schien. Noch während Gaston schwankte und John auf ihn einsprach, empfand ich fast körperlich das Gefühl, daß Botu nur deshalb blau war und Gaston interessieren sollte, um John eine Gelegenheit zu geben, sich mit mir näher zu beschäftigen oder sogar mit mir einige Stunden allein zu sein. Davor hatte ich plötzlich eine tiefe, durch nichts begründete Angst. Es war eben nur ein unerklärbares Gefühl, eine Ahnung, die wir Frauen haben, wenn wir einem Manne gegenübertreten, der uns gefällt und von dem wir spüren, daß er in das eigene Schicksal eingreifen könnte, wenn man ihm nur die Gelegenheit dazu geben würde. Aber ich wollte sie ihm nicht geben, ich liebte ja Gaston, und so interessant dieser John Parkett auch war, so schlank, so weltgereist und so unbekümmert jungenhaft in seiner Art; ich empfand ihm gegenüber nicht mehr als ein bloßes Interesse, das erlöschen würde, wenn er aus meinen Augen entschwand.

Gaston wollte etwas sagen, vielleicht eine Zusage, da fiel ich ihm ins Wort.

»Lieber Mr. Parkett. Ihr blauer Botu ist sicherlich sehr interessant. Aber was versprechen Sie sich davon? Wir haben keine Apparate hier, wir können nichts, gar nichts tun als ihn anstarren und den Kopf schütteln. Alle diagnostischen Mittel fehlen. Ich würde Ihnen raten, einmal nach Paris zu fahren. Vielleicht weiß Prof. Bocchanini einen Weg.«

Ich sagte es schnell, hastig, fast ängstlich, um Gaston keine Möglichkeit zu geben, dazwischenzureden. Die Augen Mr. Parketts waren klein geworden. Durch die Schlitze seiner Lider sah er mich scharf an. Ich senkte den Blick, als ich sah, wie er lächelte. Hatte er meine Sorgen durchschaut? Ahnte er, daß ich Angst vor ihm hatte? Plötzliche, frauliche Angst, ihm bei näherer Bekanntschaft zu erliegen? Er wußte genau, daß eine Faszination von ihm ausging, und daß ich mich wehrte, sie nicht zu sehen!

Parkett zuckte bedauernd mit den Schultern. »Schade«, meinte er. »Ich dachte, über Butos Blausucht mit Ihnen bekannt zu werden.«

Seine Ehrlichkeit verblüffte mich. Gaston schien den Hintergedanken nicht zu merken. Er lachte plötzlich und gab John Parkett die Hand, was ich mit Schrecken sah.

»Eine merkwürdige Methode, Bekanntschaften zu schließen«, rief er aus. »Soll ich sie typisch amerikanisch nennen?«

»Wenn es Ihnen Spaß macht und Sie mit mir einen Whisky trinken.«

»Bei dieser Hitze? Nein – ich schlage einen Aperitif vor!«

»Einigen wir uns auf einen Mittelweg.« Parkett grinste mich unverschämt an und hob leicht die Schultern. Schade, sollte das heißen. Hast dir solche Mühe gegeben, mir auszuweichen, aber deinem Gaston, diesem treuherzigen Idioten, bin ich eben überlegen. Man macht das amerikanisch mit unbekümmerter Frechheit, hinter der niemand, der uns nicht genau kennt, etwas Zwiespältiges entdeckt. »Gehen wir und trinken wir im Miramar einen Eiskaffee.«

»Akzeptiert.« Gaston nahm meinen Arm. Er spürte nicht, wie ich innerlich zitterte und mich an ihn drängte, um Schutz zu suchen und diesem John zu zeigen, daß ich zu Gaston gehörte, nur zu Gaston und sonst zu keinem anderen Mann!

Die Eiskaffees im Miramar waren in ganz Juan les Pins berühmt. Es gab drei Sorten davon, was allein schon ungewöhnlich war: eine mit Cointreau, eine mit Kognak und eine – für Kenner und Snobs – mit Anisette, was für meine Zunge abscheulich schmeckte.

Es war mir von vornherein klar: Parkett nahm für sich das Anisette-Gebräu, während Gaston und ich – wie immer einig – den Kaffee mit Eis und Cointreau vorzogen.

Wir hatten einen Tisch an der Terrassenbrüstung, blickten auf das flimmernde Meer und schlürften durch Plastikstrohhalme unser Getränk. Parkett, der unter dem Tisch versuchte, meine Beine mit seinen Fußspitzen zu erreichen und dafür einen Tritt bekam, grinste wieder unverschämt, vor allem, weil Gaston gar nichts zu merken schien. So ahnungslos kann nur ein Mann sein, den die Liebe völlig blind für alle Realitäten gemacht hat.

»Sie sollten uns einmal mit Ihrer Gattin besuchen, Doc«, sagte Parkett und trieb damit seine Unverfrorenheit auf den Gipfelpunkt. Er holte aus dem Jackett eine Brieftasche und packte einige Fotos aus. »Ich hatte vor drei Jahren das unverschämte Glück, ein altes Haus dort oben auf dem Felsen zu kaufen. Ich habe es außen so gelassen, wie es war. Aber innen. Sehen Sie selbst, Doc! Ich muß zugeben: Da hat Hollywood Pate gestanden. Das ist Filmarchitektur, aber ich fühle mich wohl darin!«

Gaston, der Ahnungslose, betrachtete die Fotos, sah auch hinüber zu der Felsnase, wo ganz oben das Haus thronte, das von hier wie eine Trutzburg wirkte. Während er so abgelenkt war, machte mir Parkett eindeutige Zeichen, angelte unter dem Tisch wieder nach meinen Beinen und benahm sich – gelinde gesagt – unmöglich. Seine Blicke tasteten mich ab. Blicke, die mich nackt machten, durch mein Kleid hindurchstarrten, meine Brüste drückten und meinen Schoß belagerten.

»Eindrucksvoll!« sagte Gaston und gab die Fotos an mich weiter.

»Das kann man sagen«, antwortete Parkett unverschämt. Sein mokantes Lächeln – die Antwort auf meine heftige, aber unsichtbare Gegenwehr – wurde unerträglich.

Warum ich Gaston nichts sagte, warum ich nicht einfach aufstand und wegging? Warum ich nicht das Einfachste tat und sagte: »Gaston, ich bin müde, ich möchte gehen.« Oder warum ich nicht ehrlich sagte: »Gaston, Mr. Parkett benimmt sich mir gegenüber unmöglich.« – Ganz einfach aus folgendem Grund: Ich wollte keinen Skandal. Ich wollte Ruhe. Ich wollte die Tage mit Gaston in Juan les Pins voll seligen Glücks genießen, aber nicht verwickelt werden in männliche Auseinandersetzungen meiner Person wegen.

Außerdem erlebte ich es zum erstenmal, daß sich zwei Männer gleichzeitig um mich bewarben, wovon der eine schon viele Siege errungen hatte und der andere nun die fremde Festung stürmen wollte. In der Clique um Fioret und Laroche, unter uns damaligen Studenten, gab es so etwas nicht. Zwar nahmen die Jungs alles, was sich an Rökken anbot oder was sie erobern konnten, aber ich war immer ausgenommen. Ich war ihr Kumpel, ich war für sie kein Mädchen, sondern ein Kamerad, der zufällig Rock und Bluse trug und anatomisch anders gebaut war als sie. Nie wäre es Fioret oder Laroche, Jacque oder Vince in den Sinn gekommen, mich anzufassen mit dem Gedanken, ich sei eine Frau. Im Gegenteil. Wenn andere Männer mich ansprachen und Fioret sah das, kam er sofort »zu Hilfe«, wie er es nannte, und gab dem verdutzten Verehrer zu verstehen, daß er sehr schnell eine Kehrtwendung zu machen habe, sonst läge er in der nächsten chirurgischen Klinik.

»Und wenn er mir nun gefallen hat?« habe ich ein paarmal gesagt. »Fioret, ich bin eine Frau! Du hast deine Weiber; wo habe ich meinen Mann?«

Dann lachte Fioret immer laut, klopfte mir kumpelhaft auf die Schulter und rief: »Unsere Gisèle in sexuellen Nöten! Zum Brüllen! Wir sind uns doch alle einig, daß dein Geliebter die Medizin ist!«

So war es immer gewesen, bis ich Gaston kennenlernte. Die anderen Männer vor ihm? Ich sagte es schon: Es waren Episoden, die mich allesamt enttäuschten. Neugierprodukte. Und jedesmal, wenn es vorbei war – und es ging schnell vorbei, weil ich nicht mehr empfand als die Schwere eines männlichen Körpers auf meinem Leib – fragte ich mich: Ist das alles? Ist das die viel besungene Liebe und Leidenschaft? Über so viel Nichtigkeit macht man so viel Worte? Von diesem Bißchen lebt die Literatur, leben Malerei und Skulptur, Musik und Philosophie, wurden ganze Völker ausgerottet, werden täglich Menschen ermordet, werden Milliarden Francs ausgegeben? Wegen dieser wenigen Minuten von Druck und Gegendruck, hinter dem die Leere zurückbleibt, will man Welten verändern?

Sie müssen das alle gespürt haben, die Männer vor Gaston. Diese Nüchternheit »danach«, dieses Vakuum, das plötzlich zwischen uns war und nur mit dummen Worten ausgefüllt werden konnte. Die Fadheit, die man schmekken konnte, wenn man am Morgen nebeneinander aufwachte, und der nackte Körper des anderen geradezu etwas Lästiges war, das man aus dem Bett stoßen wollte. Und dann die qualvollen Stunden bis zum Abschied, bei dem man sich auch noch einen Kuß abringen mußte. Ein Mann im hellen Morgenlicht, nach einer Liebesnacht, war für mich etwas Erschreckendes gewesen, etwas Entlarvendes. Gesichter ohne Ausdruck, flach und dumm. Worte voller Banalitäten, die am Abend vorher noch einen anreizenden Klang gehabt hatten. Bewegungen und Gesten, die albern wirkten.

War das alles, von dem man sagt, es sei das Entscheidenste im Leben überhaupt?

Es war bei mir alles, bis ich in Gastons Armen lag und begreifen lernte, was Liebe wirklich ist. An seiner Brust war in mir eine Erweckung erfolgt, unter seinen Händen hatte ich mich verwandelt. Ich hatte sehen und begreifen gelernt, daß Liebe den Menschen grundlegend verändern kann.

Nun griff Parkett in diese neue Situation ein, mit der Frechheit eines Mannes, der gewohnt war, daß Frauen entweder seinem Wildwest-Charme oder seinem Vermögen erlagen. Zugegeben, er sah gut aus! Und das Tierische in ihm reizte ebenfalls. Ich wäre keine Frau gewesen, hätte ich dieses Urhafte übersehen. Aber hier widerte es mich an. Ich gehörte zu Gaston, und was Parkett da anstellte, war eine Frechheit.

Ich betrachtete die Buntfotos flüchtig und schob sie

dann Parkett über den Tisch wieder zu. »Schön«, sagte ich kühl.

»Das ist alles, wozu Sie sich hinreißen lassen?« fragte er.

»Muß eine Menge Geld gekostet haben, dieser Umbau. Wenn man es hat . . .«

»Haben Sie das Schlafzimmer gesehen, Madame?« Parkett klopfte mit den Fingern auf die Bilder. »Ein Bett, bezogen mit Leopardenfell. Selbst geschossen in Somalia. Es gingen zehn Leoparden dafür drauf!«

»Grandios!« antwortete ich kühl. »Man sollte Sie beim Welttierschutzverein anzeigen!«

Ich bemerkte Gastons bittenden Blick und seine Querfalten auf der Stirn. Er ärgerte sich. Sei höflicher zu ihm, sagte sein Blick. Was hat dir Mr. Parkett getan? Er ist doch ein netter Kerl. Und er hat einen medizinisch sehr seltenen, pikanten Fall: einen blauen Malaien!

»Sie sollten wirklich meiner Einladung nachkommen«, sagte Parkett unbeirrt zu Gaston. Er erkannte ganz klar, daß Gaston der schwächere Teil von uns war. Wenn er an mich herankommen konnte, dann nur über Gastons Ahnungslosigkeit und mit geradezu naiver Höflichkeit. »Ich verspreche Ihnen ein Souper à la Bali, einen Wein bester Provenienz und einen medizinischen Sonderfall. Wenn das kein Angebot ist.«

»Ich wiederhole«, sagte ich zum Erstaunen Gastons mit gehobener Stimme, »daß wir in Juan les Pins sind, um uns zu erholen und nichts von dem zu hören und zu sehen, vor dem wir aus Paris praktisch geflohen sind: Kranke und Krankenhaus! Ob die Kranken nun blau oder rot, gelb oder lila sind, interessiert mich nicht. Ihr Malaie ist kein akuter Fall. Also kann ich mein ärztliches Gewissen beruhigen. Ich will einfach im Urlaub nichts mehr von Medizin wissen, es sei denn, am Nebentisch fällt jemand mit einem

Infarkt vom Stuhl.«

»Botu ist ein akuter Fall, Madame.« Parkett lächelte breit und wedelte dabei mit dem Foto seines Schlafzimmers mit dem Leopardenbett. »Ab und zu bekommt er Erstickungsanfälle. Das sieht sehr akut aus.«

»Interessant!« sagte Gaston nachsinnend. »Erstickungsanfälle. Wie lange halten sie an?«

»Ganz verschieden. Mal nur Sekunden, mal qualvolle Minuten. Bis zu einer halben Stunde manchmal.«

»Aber Botu hat's immer noch überlebt«, sagte ich spöttisch. »Welche Bärennatur!«

»Die hat er.« Parkett war der unbefangenste Gauner, den ich mir vorstellen konnte. »Aber verstehen Sie, Madame: Ich möchte einen solch glänzenden Butler nicht plötzlich verlieren, nur weil die Ärzte mit einem Schulterzucken vor seiner Krankheit stehen. Eine Kapitulation der Medizin. Wollen Sie das auf sich sitzen lassen, Doc?«

Ein raffinierter Hund, dieser Parkett. Er wußte genau, wo er Gaston packen konnte. Der Ehrgeiz des Dr. Rablais war stärker als seine Menschenkenntnis.

»Ist Buto immer blau?« fragte Gaston.

»Immer. Mal weniger, mal stärker. Ich sagte es schon, glaube ich.«

Gaston tat mir leid. Er wurde systematisch in ein Labyrinth geführt, und ich hatte – zumindest ohne einen Skandal zu entfesseln – keine Möglichkeit, ihn davor zurückzuhalten. Ich konnte nur noch mit ihm gehen. Oder sollte ich ihm sagen: »Gaston, Mr. Parkett angelt unter dem Tisch nach meinen Beinen?« Unmöglich. Wie ich Gaston kannte, wäre er aufgesprungen und hätte Parkett geohrfeigt. Was dann daraus entstehen würde, vor allen Leuten im Miramar, wäre unausdenkbar!

»Wir überlegen es uns«, sagte ich deshalb kühl und erhob mich. Es blieb den Herren nichts anderes übrig, als sich ebenfalls zu erheben. »Ihr Felsenschloß kennen wir jetzt. Den Weg hinauf werden wir finden, wenn wir Interesse haben. Mr. Parkett, ich danke Ihnen für den Aperitif.«

»Er war sehr anregend.« Parkett beugte sich über meine Hand. Aber er küßte nicht nur meinen Handrücken, sondern schabte ganz schnell mit seinen Zähnen über meine Haut. Ich entriß ihm die Hand und legte sie auf den Rücken.

Du Tier, dachte ich. Du verdammtes, ungebändigtes Tier! Auf mich machst du damit keinen Eindruck. Gar keinen!

Am Abend waren wir dann doch bei John Parkett und besichtigten den Malaien Botu mit seiner dunkelblauen Haut. Irgend etwas mißfiel mir an diesem Mann. Während Gaston ihn untersuchte, grinste er andauernd, und es war, als spränge ein lustiges Geheimnis zwischen Herr und Diener hin und her und mache ihnen Vergnügen.

Ich saß in einem tiefen Sessel, in langen, engen Hosen, die Gaston so gerne an mir sah. John servierte eine eisverzierte, gezuckerte Orange und dazu einen scharfen Flip. Gaston war so in seine Untersuchung vertieft, daß er nicht bemerkte, wie Parkett meine Hand streifte, als er das Glas vor mir niedersetzte.

»Lassen Sie das!« zischte ich leise.

Er grinste wieder und ließ sich mir gegenüber in den anderen Sessel gleiten. Dabei musterte er meine Beine und Schenkel in den engen Hosen mit einer Unverschämtheit, die mich aufregte. Er hob das Glas, prostete mir zu und trank es in einem Zug leer. Er hatte etwas Tierhaftes an sich, etwas Ursprüngliches, nicht Gebändigtes, ob er trank oder ging, sprach oder saß. Immer war es, als käme er geradewegs aus dem Urwald in die Zivilisation zurück.   »Bist du fertig, Liebling?« fragte ich laut Gaston, der noch über dem auf einem Feldbett liegenden Botu gebeugt stand.

»Gleich, gleich . . .«

»Ich möchte gehen!«

Gaston blickte zu mir hinüber und richtete sich auf.

»Was hast du, Gisèle?«

»Mir ist nicht gut«, log ich. »Mein Kopf schmerzt.«

John Parkett lächelte mir zu. Ich fand ihn in dieser Minute widerlich, fast ekelhaft wie eine Schlange. Ich kann mir nichts Scheußlicheres denken als eine Schlange.

»Sicherlich die Hitze des Tages und die Aufregung durch den Hai.« Er griff in die Tasche seines Jacketts und reichte mir ein Röhrchen herüber. »Eine Tablette, in Wasser aufgelöst, wird Ihnen guttun.«

Mit einem Schwung warf ich ihm die Tabletten über den Tisch zurück. Sie rollten über den Teppich unter das Bett Botus.

»Ich brauche sie nicht. Ich habe selbst Mittel und weiß als Ärztin besser, was mir fehlt.«

»Bestimmt, bestimmt.« John erhob sich und grinste breit. »Mrs. Parnasse haben Temperament!« Dabei sah er mich kurz, aber scharf an und wischte die Handflächen an der Hose ab. Es war, als wolle er sich jeden Augenblick auf mich stürzen und mich auf das Bett werfen, auf dem noch Botu lag. Ich erhob mich brüsk.

Gaston hatte von diesem kleinen Vorfall nichts bemerkt. Er wusch sich nebenan im Bad die Hände nach der Untersuchung und kam nun zu uns zurück, seine Hemdsärmel herunterrollend und die Manschettenknöpfe schließend. Er zuckte dabei die Schultern und lachte Parkett an.

»Diagnose: völlige Ratlosigkeit! Leber, Milz, alles ist perkutorisch in Ordnung. Ich vermute, daß eine Röntgenuntersuchung kein anderes Ergebnis bringt.«

John nickte. »Botu ist zigmal durchleuchtet worden.

Immer negativ! Aber irgendwoher muß doch die Bläue kommen.«

»Ganz richtig. Nur kennen wir nicht den Sitz dieser wohl einmaligen Krankheit! Ich habe bis jetzt in der medizinischen Literatur noch nichts darüber gelesen! Man müßte verschiedene Hautproben und Zelluntersuchungen machen.«

John Parkett wurde merkwürdig steif. Mit dem feinen Gefühl der Frau merkte ich, daß Gaston unbewußt einen richtigen Weg eingeschlagen hatte und Parkett in die Enge trieb. »Auch das hat man in New York und London schon gemacht. Negativ! Zellular ist nichts Abnormes feststellbar. Höchstens eine mangelnde Atmung der Haut infolge der Blaufärbung.«

»Also doch eine Cyanose der Oberhautzellen! Man sollte Botu einmal klinisch genau untersuchen, vor allem sein Kapillarsystem. An eine Überfüllung des Venensystems durch einen Trikusfehler glaube ich nicht. Man hätte es ja auch sofort gemerkt. Auch eine Erkrankung des Hämoglobins durch eine Überdosis an Kohlensäure kann es nicht sein, denn auch das ist ja leicht feststellbar. Konzentrieren wir uns also auf die Zellpathologie. Ich werde Botu etwas Haut entfernen und nach Paris an die Pathologie schicken.«

»Später, mein Lieber, später.« John Parkett war etwas rot im Gesicht geworden. Man sah es ihm an, daß Gastons ärztliche Kunst ihn überführt hatte. Er wußte, was Botu fehlte, er kannte Botus Krankheit genau, und er hatte uns nur konsultiert, um mit mir in Kontakt zu kommen. Das war jetzt gewiß. »Sie sind ja als Arzt ein Künstler, Mr. Rablais«, sagte Parkett und klopfte Gaston auf die Schulter. »Darf ich Sie, meine Herrschaften, heute abend als meine Gäste betrachten? Botu wird uns ein Abendessen zaubern, wie Sie es besser nicht im Ambassadeur einnehmen! Er würzt die Speisen mit Spezialitäten seiner malaiischen Heimat.«

Er sah bei seiner Einladung Gaston an, weil er genau wußte, daß ich ablehnen würde. Gaston nickte erfreut. »Gerne«, sagte er. »Wir sagen mit Freuden zu . . .«

»Ich habe Kopfweh!« fuhr ich dazwischen. »Ich möchte zu Bett.« Gaston legte zärtlich den Arm um mich und legte die Hand auf meine Stirn.

»Fieber hast du nicht, Liebes. Aber wenn du willst, gehen wir selbstverständlich.«

»Ich wäre dir dankbar dafür.« Ich drückte seine Hand, so fest, daß er mich einen Augenblick erstaunt ansah. Dann wandte er sich an Parkett.

»Vielleicht morgen, Mr. Parkett. Mrs. Parnasse ist abgespannt.« Er reichte John die Hand. »Ich danke Ihnen herzlichst für Ihre Freundlichkeit.«

»Keine Ursache, Doc.« Parkett sah mich an. Er erwartete, daß auch ich ihm die Hand gab, aber ich tat es nicht. Ich nickte ihm nur zu und hakte mich ostentativ bei Gaston unter. Mit unterdrücktem Lächeln verbeugte er sich. »Mrs. Parnasse – einen guten, kopfschmerzfreien Abend. Ich würde mich freuen, Sie in den nächsten Abenden als meinen Gast zu sehen.«

Er begleitete uns den Felsenweg hinunter und winkte uns zu, als wir die Uferstraße entlang zu unserem Hotel gingen. Erst als ich ihn nicht mehr sah, atmete ich wie befreit auf und lehnte den Kopf an Gastons Schulter.

»Du?« sagte ich leise.

»Ja, Gisèle.«

»Ich habe gar kein Kopfweh.«

»Nicht?« Er blieb stehen. »Ich habe mir solche Sorgen gemacht.«

»Du Dummer.« Ich küßte ihn schnell. »Ich wollte nur mit dir allein sein. Dieser John ekelt mich an.«

»Sein Botu ist sehr interessant.«

»Er kann mir gestohlen bleiben! Ich will im Urlaub nur dich sehen, keine cyanotischen Malaien!«

Wir gingen den ganzen Abend lang am Strand spazieren, sahen über das in der untergehenden Sonne golden schimmernde Mittelmeer, in die orangenen Wolken am Himmel und die violetten Felsen, die in dem wogenden Gold des Meeres standen wie spitze Edelsteine in einer handgeschmiedeten Fassung.

Ein leiser Wind wehte vom Meer herüber und zerzauste meine Haare. Die Welt war so schön, so unwirklich schön! Und ich war glücklich, am Arm Gastons zu gehen und sein Gesicht vor den blutigroten Wolken zu sehen.

Zwei Tage später.

Gaston war noch einmal zu John Parkett gegangen, um nach dem für ihn interessanten Botu zu sehen, dessen Blausucht ihn zu internistischen Phantastereien anregte.

»Was hältst du von Botu?« fragte mich Gaston, als wir in der Nacht nach dem Besuch bei Parkett nebeneinander im Bett lagen und noch eine Zigarette rauchten.

»Nichts, Gaston.«

»Du glaubst, daß Botus Cyanose nicht schlimm ist?«

»Ich glaube überhaupt nicht an eine Cyanose.«

»Aber daß er blau ist, kannst du nicht leugnen!«

»Blau sein ist noch lange keine Krankheit. Parkett weiß, was Botu fehlt. Er wurde unruhig, als du von einer Hautzellenuntersuchung sprachst. Er will nicht, daß du Hautpartikel von diesem Malaien nimmst. Die ganze Krankheit ist nur . . .« Ich unterbrach mich, weil ich unmöglich sagen konnte, was ich dachte; nämlich, daß Botu nur das Mittel zu dem Zweck gewesen war, mich in die Hände Parketts zu locken und Gaston für diese Zeit abzulenken.

»Was ist sie nur . . .« fragte Gaston erstaunt, als ich

schwieg. Ich winkte ab und wich aus.

»Ich glaube, daß Botu seit Jahren so blau ist. Ich habe einmal gelesen, daß es bei bestimmten Völkern Pflanzensäfte gibt, die man unter die Haut spritzt, und die dann die ganze Haut verfärben; und zwar rot oder grün oder auch blau, wie bei Botu. Vor allem die Medizinmänner und die Wächter an den Tabus färben sich so, um die Geister abzuschrecken oder irgendeinem Gott zu dienen. Ich nehme an, daß es bei Botu nichts anderes ist, und Parkett weiß es und will mit seinem blauen Malaien nur ein wenig Wind innerhalb der ratlosen Medizin machen.«

Gaston drückte die Zigarette aus und legte den Arm um meine nackte Schulter. Ich kroch zu ihm hinüber und schmiegte mich in seine Arme. »Eine kluge, süße Geliebte habe ich«, sagte er leise und zärtlich. Und dann vergaßen wir Botu und Parkett und waren nur noch die ewige Liebe, die aufblüht unter den Küssen und zerfließt in dem Du, das ein einziges Ich geworden ist.

Gaston aber ließ der Gedanke an Botus blaue Haut nicht los, vor allem, nachdem ich ihm meine Theorie vorgetragen hatte. Am folgenden Morgen sagte er zu mir, daß er schnell noch einmal zu Parkett hinüberspringen wolle. Ich sollte am Strand in unserem bunten Zelt auf ihn warten, er wäre schnell wieder zurück.

Gegen 11 Uhr erschien John Parkett am Strand. Er sah verstört aus, seine ordentliche Kleidung war etwas durcheinander, in seinem Gesicht stand Sorge und Schrecken. Er kam zu mir an das Zelt und ließ die Arme hängen.

»Bitte, schimpfen Sie nicht, Mrs. Parnasse«, sagte er leise. »Und behalten Sie bitte, bitte Haltung. Herrn Dr. Rablais ist etwas zugestoßen.«

Einen Augenblick stand ich wie erstarrt. Es war, als griffe eine eiskalte Hand nach meinem Herzen, als lösche ein Eishauch alles Leben in mir aus. Ich hielt mich am

Holzrahmen des Zeltes fest und schloß die Augen.

»Sie haben es getan . . .« sagte ich stockend. Und dann, als ich den Sinn der Worte erst richtig begriff, schrie ich auf und stürzte mich auf John Parkett. »Sie haben ihn auf dem Gewissen! Sie Lump! Sie Schuft! Er stand Ihnen im Wege!«

John drückte die Hand auf meinen Mund und zog mich ins Zelt, weil man in den umgebenden Liegestühlen lebendig wurde und zu uns hinüber starrte. Im Inneren des heißen Zeltes drückte er mich auf die Luftmatratze.

»Seien Sie still, Gisèle!« sagte er grob. »Sie wissen nicht, was Sie sagen. Dr. Rablais ist fehlgetreten. Er hatte Botu noch einmal untersucht, ich brachte ihn bis zu dem Fußweg, und dort stolperte er und stürzte den steilen Weg hinab.«

»Sie haben ihn hinuntergestoßen!« schrie ich grell. »Sie wollten ihn umbringen!«

»Reden Sie nicht solch eine Dummheit!« Parkett ergriff meinen Arm und drückte ihn so fest, daß ich mir auf die Lippe biß, um nicht aufzuschreien. »Der Doc stürzte etwa sechs Meter, ehe er sich an der Stützmauer des Weges auffing. Ich war sofort hinterhergesprungen und habe ihn mit Botu ins Krankenhaus gebracht. Er hat ein paar Prellungen und eine Armverstauchung. Mehr nicht!« Parkett ließ meinen Arm los. Wo seine Finger in mein Fleisch gedrückt hatten, war eine rotunterlaufene Stelle. »Wenn ich ihn hätte töten wollen, wäre er jetzt tot! Aber warum sollte ich es tun?«

»Sie wollen mich«, sagte ich angeekelt.

Parkett grinste wieder. »Wenn ich dies wollte, Gisèle, brauchte ich Gaston nicht zu töten. Ich nähme Sie, ohne ihn zu fragen.«

»Sie Schwein!«

»Ich liebe Sie, Gisèle.«

»Das wagen Sie zu sagen, wo Gaston schwer verletzt im Krankenhaus liegt?«

»Was hat das miteinander zu tun?« Parkett stellte sich vor den Eingang des Zeltes, er versperrte mir damit den Weg nach draußen. Ich mußte ihn anhören, so widerlich es auch war. »Sie sind Gastons Geliebte, nun gut. Warum sollten Sie nicht auch meine Geliebte sein? Da die Stellung einer Geliebten mit Moralbegriffen nichts mehr zu tun hat, können Sie mir nicht mit Moralitäten kommen, die Ihnen verwehren, auch meine Geliebte zu werden.«

»Ich verabscheue Sie, Parkett! Ist das nicht Grund genug?«

»Weil Sie mich nicht kennen! Ich kann Ihnen die Welt zu Füßen legen, Gisèle. Ich habe 300 Millionen Dollar Bargeld. Ich bin der Besitzer von sechs großen Fabriken. Ich exportiere in 45 Staaten! Ich könnte Ihnen wie Thyssen eine Insel in der Karibischen See schenken, ein Traumschloß auf Capri, eine Yacht, die Sie in alle Länder Ihrer Träume trägt. Sie brauchen nur Ja zu sagen und mir zu gehören!«

»Ich will arm, aber anständig bleiben, Parkett!«

»Anständig?« Er lachte leise und klatschte vergnügt in die Hände. »Anständig als Geliebte eines Arztes.«

»Wir werden heiraten!«

»Das haben Sie noch nicht als Vertrag in der Tasche. Aber ich lege Ihnen morgen sowohl den Kaufvertrag für das schönste Schloß der Riviera zu Füßen als auch einen Scheck über 500 000 Dollar zur freien Verfügung! Was wollen Sie mehr, Gisèle?«

»Ich möchte von Ihrer Gegenwart befreit werden, John. Das ist mir mehr wert als 500 000 Dollar! Und ich möchte zu Gaston. Geben Sie den Weg frei oder ich schreie den ganzen Strand zusammen!«

Ich war von der Luftmatratze emporgeschnellt und

stand vor ihm, bereit, grell zu schreien und mich gegen seine Hand, die mich festhalten würde, mit Kratzen, Beißen und Treten zu wehren. John Parkett musterte mich verblüfft.

»Sie sind eine Wildkatze, Gisèle. Sie sind wunderbar! Ihre wilde Schönheit macht mich zu allem bereit. Jetzt könnte ich wirklich Gaston töten, um Sie zu bekommen! Sie machen mich wahnsinnig!«

»Aus dem Weg oder ich schreie!« rief ich.

Er trat von dem Eingang zurück, und ich schlüpfte an ihm vorbei ins Freie, in die grelle Sonne. Hier war ich sicher, hier sahen uns Hunderte von Augen, hier war er *mein* Gefangener.

»Gehen Sie!« herrschte ich ihn an.

»Ich möchte Sie gerne begleiten, Gisèle.«

»Unterstehen Sie sich! Wenn Sie Gastons Zimmer betreten, lasse ich Sie durch die Ärzte hinauswerfen!«

Er zuckte die Schultern. »Wie Sie wünschen, Gisèle. Ich verstehe Ihren Haß nicht. Ich liebe Sie – ist das ein Verbrechen? Jeder Mann muß Sie lieben. Sie wissen es genau, wenn Sie nur in einen Spiegel blicken. Einer Frau zuliebe hat man schon Kaiserreiche geopfert und ganze Völker ausgerottet.«

»Aber ich liebe Sie nicht, John! Das müßte genügen, sich sofort von mir zu entfernen.«

»Sie werfen eine Krone weg, Gisèle. Sie würden an meiner Seite die reichste und beneidenswerteste Frau der Welt. Es gäbe keinen Wunsch, der für Sie nicht erfüllbar wäre – die Welt gehörte Ihnen.«

Ich ließ ihn reden und stehen und ging an ihm vorbei zum Hotel zurück. Ich hörte, daß er mir nicht folgte, aber ich atmete erst auf, als ich in unserem Hotelzimmer saß und in den Spiegel starrte, der mein Bild zurückwarf.

Eine schöne Frau mit traurigen, dunkel umränderten

Augen.

Gaston abgestürzt!

Hatte er etwas entdeckt, was Parkett veranlaßte, ihn hinabzustoßen, oder war es wirklich nur ein Unfall? Tat ich John Unrecht, wenn ich ihn verdächtigte?

Ich zog mich schnell um und fuhr dann mit einem Taxi die Uferpromenade entlang zu der Straße, in der das langgestreckte Gebäude des Krankenhauses zum Meer hinaus lag.

Der Portier sah mich freundlich an, als ich meinen Namen nannte und einen der Ärzte zu sprechen wünschte.

»Wegen Dr. Rablais? Einen Augenblick, Madame. Bitte, gehen Sie vor in das Wartezimmer. Es wird sofort ein Arzt kommen.«

Gaston, dachte ich verzweifelt, als ich in dem hellen Warteraum saß. Mein Gott, Gaston – wenn es bloß nichts Schlimmes ist. Sie tun so geheimnisvoll, so voller Rücksicht. Ich kenne das ja, ich bin ja selbst Ärztin, ich weiß, wie man einen Verwandten tröstet, wenn die Lage ernst ist. Mein Gott ... mein Gott ... ist das die Strafe für meine Untat an Brigit? Schlägst Du so schnell zurück?

Ein weißer Kittel wehte durch die Tür. Ein junger, schlanker Kollege, ein Südfranzose, verbeugte sich und lächelte mich an.

»Dr. Parnasse? Ich bin Paul Veuigille. Sie wollen Monsieur Rablais sehen! Aber selbstverständlich.«

»Ist es ... ist es schlimm?« fragte ich stockend.

»Aber nein.« Dr. Veuigille lachte. »Ein paar Quetschungen und ein gesalzener Schock. In vierzehn Tagen kann er wieder Tango tanzen.«

Mit einem Lächeln, das sehr glücklich ausgesehen haben muß, folgte ich Veuigille durch die weißen Gänge.

Die Welt war wieder schön, und die Sonne schien hell und ließ das Mittelmeer leuchten wie flüssiges Kobalt.

Gaston schlief, als ich in das sonnige Zimmer trat, vor dessen große Fenster man die Jalousien heruntergelassen hatte. Er lag auf dem Rücken, den linken Arm in einer Metallschiene, um den Kopf einen dicken Verband. Eine Schwester erhob sich neben seinem Bett von einem Stuhl, als ich eintrat, und wollte das Zimmer verlassen. Ich winkte ihr zu, zu bleiben und nahm kurz die Hand Gastons, fühlte den Puls und legte einen Strauß Rosen, den ich vor dem Krankenhaus an einem Blumenstand gekauft hatte, auf seine Bettdecke. Dann verließ ich wieder leise das Zimmer und traf auf dem Flur den jungen Stationsarzt.

»Puls ist normal«, sagte ich, nur um etwas zu sagen.

Er nickte. »Es ist überhaupt kein Grund zur Besorgnis. Monsieur Parkett, der unseren Notarztwagen anrief, schilderte uns den Hergang des Unfalls. Dr. Rablais hat ein unverschämtes Glück gehabt, daß er gegen die Stützmauer rollte. Wäre er den ganzen Weg hinabgestürzt, würde er sich bestimmt den Halswirbel oder sogar das Rückgrat gebrochen haben! Monsieur Parkett war ganz verstört.«

Sicherlich, dachte ich. Parkett war verstört, weil sein Attentat auf Gaston fehlgeschlagen war, und er bangte jetzt um seine eigene Sicherheit. Wenn Gaston aus seiner Ohnmacht erwachte, würde er ja erzählen, daß es kein Unfall, sondern ein Mordanschlag gewesen war und dann würde man Parkett verhaften.

Eine Idee kam mir, die mich herumriß. Ich gab dem jungen Arzt die Hand und bat ihn, gut auf Gaston zu achten. In zwei Stunden würde ich wiederkommen. Dann rannte ich aus dem Hospital und ließ mich zurückbringen zu Parketts Felsenhaus.

Als ich an dem breiten, schmiedeeisernen Tor schellte, war es, als habe mich Parkett schon erwartet. Durch einen elektrischen Impuls schwang das schwere Tor von selbst auf. Ich ging über den geharkten Weg zu dem weißen Haus und traf dort auf Botu, der an der Tür stand.

Ich war nicht erstaunt, als ich ihn sah.

Botu war nicht mehr blau. Braun wie alle Malaien und lächelnd verbeugte er sich und hielt mir die Tür auf. Ich blieb vor ihm stehen und sah ihn ebenso lächelnd an.

»Wieder gesund, Botu?« fragte ich ironisch.

»Ja, Madame.« Der Malaie grinste breit. »Herr John großer Zauberer . . .«

John Parkett stand in der weiten, durch Glaswände fast grell erhellten Diele und streckte mir beide Arme entgegen.

»Gisèle«, sagte er laut. »Daß Sie kommen, ist wie ein Märchen.«

Ich blieb an der Tür stehen und musterte Parkett. Er trug einen leichten Hausanzug. Ein gelber Seidenschal leuchtete aus dem weißen Hemd hervor.

»Wie ich sehe, ist Botu gesund! Hat Gaston ihm so schnell geholfen? Handauflegen genügte wohl, was? Sollte Gaston ein zweiter Rasputin sein?«

Parketts Lächeln verlor sich. Er wurde ernst.

»Daß Sie die Komödie durchschauten, habe ich gleich bemerkt. Die Cyanose Botus bestand nur aus Farbe. Ich habe ihn ganz einfach blau angestrichen. Dr. Rablais ließ sich das erste Mal täuschen, aber als er wiederkam, merkte er den Schwindel, und wir hatten eine heftige Aussprache.«

»Und danach haben Sie Gaston den Felsenweg hinabgestoßen, um ihn zu töten und um mich zu bekommen!«

»Es war wirklich ein Unfall, glauben Sie es mir.«

»So, wie ich Ihnen die Botusche Cyanose glauben sollte.«

»Das war nur ein Scherz!«

»Nein, das war ein Mittel, Gaston abzulenken und mich zu belästigen.«

Parkett zuckte die Schultern. »Wenn Sie meinen. Gut, geben wir das als Grund der Komödie an! Sie wissen, daß ich Sie liebe, Gisèle.«

»Reden wir nicht mehr davon!«

»Und warum sind Sie gekommen?«

»Um Sie aufzufordern, sofort Juan les Pins zu verlassen. Wenn Gaston aus der Ohnmacht erwacht, wird er erzählen, welch ein Schuft Sie sind. Es wird einen Skandal geben!«

»Ich scheue ihn nicht! In Frankreich hat man mit Männern Verständnis, die einer schönen Frau zuliebe das Unmöglichste unternehmen. Das Galanteste ist hier auch das Erlaubteste. Mein Farbtrick wird alle Männer begeistern.«

»Aber ich möchte keinen Skandal!« schrie ich.

»Aha!« Parkett lächelte und kam langsam auf mich zu. Ich wich vor ihm zurück, aber als ich die Tür öffnen wollte, war sie verschlossen. Botu hatte sie von außen verriegelt. Ich saß in einer Falle, ich war einem Raubtier ausgeliefert, das mit flackernden, geilen Augen auf mich zuschlich und sich an meiner ausbrechenden Angst weidete. »Sie scheuen einen Skandal, Madame?« Seine Stimme klang hämisch. »Und soll ich Ihnen sagen, warum? Weil Sie heimlich mit Ihrem Geliebten Gaston in Juan les Pins sind; weil einer von Ihnen beiden verheiratet oder sonstwie gebunden ist; weil Ihr Liebesausflug ans Mittelmeer bei Bekanntwerden Folgen nach sich ziehen könnte, weil . . . weil . . . es gibt tausend Gründe bei einer so herrlichen Frau wie Ihnen, das Liebesnest geheim zu halten und sich in die Anonymität zu flüchten. In das Inkognito einer harmlosen Ferienfahrt.«

»Sie sind verrückt!« rief ich zitternd.

»Verrückt nach Ihnen, Gisèle.« Er stand vor mir, sein Atem wehte über mein Gesicht. Ich hatte mich gegen die

Tür gepreßt, meine Finger hielt ich gespreizt am Körper, bereit, sie emporschnellen zu lassen und zu kratzen, wenn er mich anrührte. »Ich reise ab, und ich vermeide jeden Skandal, wenn Sie mir gehören. Jetzt, nur eine Stunde . . . Gisèle.«

Er legte die Hände auf meine Schulter. Da duckte ich mich und hieb ihm mit der Faust ins Gesicht, genau zwischen die Augen. Er taumelte zurück und wischte sich mit den Händen über das Gesicht.

»Ich schreie!« sagte ich laut. »Ich schreie alles zusammen!«

»Hier hört uns niemand. Botu wird stumm sein, und er wird alle Besucher fernhalten, bis ich dich besessen habe.«

Er sprang auf mich zu, ich wich zur Seite aus und rannte durch die Diele in das nächste Zimmer. Aber ehe ich die Tür zuschlagen konnte, war er schon hinter mir und drängte mich in den Raum. Es war sein Arbeitszimmer. Ich sah es an den Büchern und Blättern, die auf dem Schreibtisch lagen. Breite Fenstertüren gingen hinaus auf eine Terrasse über dem herrlichen Meer.

Ich rannte um den großen Schreibtisch herum und ergriff eine marmorne Schale. »Lassen Sie mich hinaus!« schrie ich. »Oder ich werfe Ihnen die Schale an den Kopf.«

»Bitte!« sagte er ruhig. Seine Zähne blitzten zwischen den dünnen Lippen. »Auch mit einer Beule am Kopf kann ich dich lieben!«

Er rannte um den Tisch herum. Als ich die Marmorschale warf, duckte er sich und die schwere Schale sauste in eines der großen Fenster, das klirrend zersprang. Mit großen Sätzen holte er mich ein. Er warf sich auf mich. Im Laufen noch riß er mir die Bluse von den Schultern und krallte sich bei mir fest. Wie ein Raubtier, das sein Opfer in den Fängen hält, wollte er mich zu einer Couch im Hintergrund des Zimmers schleifen. Ich schlug um mich, ich biß, ich kratzte, Blut lief Parkett aus den Kratzwunden über das Gesicht, über das weiße Hemd, es war, als spüre er gar nicht die Schmerzen, als sei er vor Lust, mich zu besitzen, schmerzunempfindlich geworden. In diesem Augenblick, kurz bevor er mich auf die Couch drücken konnte, sah ich auf einem Nebentischchen einen Revolver liegen. Einen kleinen, zierlichen Revolver, dessen Griff mit Perlmutt eingelegt war.

Mit letzter Kraft stemmte ich mich gegen Parkett. Ich biß in seine Hände, die sich in meine Brust verkrallt hatten, trat mit den Knien gegen seinen Leib, daß er mich einen Augenblick mit schmerzverzerrtem Gesicht losließ. Diesen winzigen Augenblick benutzte ich zu einem taumelnden Sprung an den Tisch, und ich riß den Revolver an mich. Ich lud ihn durch und richtete ihn auf Parkett, der schwer atmend und bleich von dem Tritt an der Couch stand und in die Mündung starrte.

»Lassen Sie mich hinaus!« schrie ich grell.

»Leg das Ding weg, Gisèle«, sagte er langsam. Seine Stimme war rauh vor Erregung und Schmerzen. »Es ist nicht geladen.«

»Ich habe gesehen, daß es geladen ist! Gehen Sie vor zur Tür und schließen Sie auf! Los!« Ich trat auf ihn zu, den Revolver auf ihn gerichtet. Er sah mich groß an, und an meinen Augen sah er, daß ich bereit war, sofort zu schießen, wenn er auf mich zutrat und nicht tat, was ich verlangte.

»Gut«, sagte er schwach. »Ich schließe auf . . .«

Er ging vor mir her zur Tür und öffnete sie. Das Licht der überhellen Diele flutete uns entgegen. Botu war nicht zu sehen. Das erfüllte mich mit Triumph, denn gegen zwei Männer hätte ich mit meinem kleinen Revolver nichts ausrichten können.

In der Diele blieb John Parkett stehen und sah sich um. »Weitergehen!« sagte ich hart. »Die Tür nach draußen auf! Und entfernen Sie Botu. Wenn ich Botu sehe, schieße ich sofort auf Sie! Was Botu dann mit mir macht, ist mir egal. Sie aber leben bestimmt nicht mehr!«

»Sie sind ein Satan, Gisèle.«

Er ging weiter zur großen Ausgangstür und machte sich an deren Schloß zu schaffen. Nach einer Weile drehte er sich herum.

»Botu hat das Schloß von außen verriegelt. Sie müssen mir wohl oder übel erlauben, mich mit Botu über das Haustelefon zu verständigen.«

»Wo steht das nächste Telefon?«

»Hier in der Halle. Dort hinten am Fenster.«

Ich nickte und hielt den Revolver wieder hoch. »Gehen Sie . . .«

Er schritt an mir vorbei, so, als habe er sich damit abgefunden, der Unterlegene zu sein. Er sah mich nicht an, mit gesenktem Kopf ging er von der großen Tür in den Hintergrund der Diele. Als er an mir vorbei ging, stockte er einen winzigen Augenblick, ich hob den Revolver höher . . . doch da sprang er plötzlich zur Seite, mit einer Drehung stürzte er sich auf mich, hieb mit der Faust auf meinen Arm, dessen Hand den Revolver hielt, und stieß mit der linken Faust gegen meine Brust, so daß ich gegen die Wand taumelte und aufschrie vor Schmerz. Noch ehe ich zur Besinnung kam, hatte er meine Hand mit dem Revolver ergriffen und wollte ihn mir aus den Fingern winden, als sich ein Schuß löste, der in der weiten Halle vielfach stärker klang und sich an den Wänden brach.

John Parkett ließ meine Hand los und sah mich erstaunt an. Seine Augen waren voller Unglauben auf mich gerichtet, er schüttelte den Kopf und wollte etwas sagen. Dann griff er sich an die Brust, und mit einem Aufschrei sah ich, wie unter seinen Fingern Blut hervorquoll und das Hemd hinablief. Er schwankte und lehnte sich gegen die Wand. In seinen Augen stand Entsetzen.

»Parkett!« schrie ich und riß seine Hand von der Brust. Aus einem Einschuß quoll das Blut hervor. »Parkett, ich habe nicht auf Sie geschossen! Ich habe es nicht getan! Sie haben mir die Waffe wegnehmen wollen und dabei ging der Schuß los. Ich war es nicht! Ich war es nicht!«

Ich schrie, ich war wie von Sinnen, schleppte Parkett zu einem Sessel und riß ihm das Hemd von der Brust. Plötzlich war Botu neben mir. Er sah auf seinen Herrn und rannte fort. Im Nebenraum hörte ich ihn telefonieren.

Das Blut aus der Brustwunde floß noch immer. Ich stand hilflos daneben. Ich, die Ärztin, konnte nicht helfen, weil ich nicht mehr wußte, was ich zuerst tun sollte. Ich schrie nur immerzu, ich bettete den Kopf Parketts auf ein Kissen und zerriß das Hemd, knüllte die Wäschefetzen über die Wunde und sah, wie sie sofort durchbluteten. Parketts Gesicht wurde fahl, spitz und dann gelblich-weiß. Auf dem Boden der Diele sammelte sich das Blut in einer Lache.

»Er stirbt!« schrie ich Botu an, der wieder in die Diele kam. »Er stirbt!«

»Auto gleich kommen«, sagte Botu und stellte sich neben Parkett. »Auto von Kranken und Auto von Polizei.«

Polizei!

Ich hatte Parkett erschossen. Alle, alle mußten es annehmen. Meine Fingerabdrücke waren auf dem Revolver, die Schußbahn konnte nach dem Einschuß errechnet werden, und ein Motiv, Parkett zu erschießen, hatte ich auch. Zwei Motive sogar: der Anschlag auf Gaston und der Versuch, mir Gewalt anzutun. Auch wenn es Notwehr war. Es würde Verhandlungen geben, in Paris erfuhr man es, die Presse griff es auf, Gaston und ich würden aus der Klinik entlassen werden, Brigit erfuhr es, Vater und Mutter in Avignon . . .

John Parkett neben mir riß mich aus den Gedanken. Botu stützte ihn. Er saß jetzt aufrecht im Sessel. Durch die Tür traten einige Herren in die Diele. Hinter ihnen folgten zwei Sanitäter mit einer Bahre und ein Arzt. Parkett winkte den Herren zu.

»Polizei?« sagte er schwach.

»Ja. Inspektor Corneille.«

»Hören Sie . . .« Parkett winkte dem Arzt ab, der zu ihm treten wollte. Auf seine Lippen trat blutiger Schaum. Er sah schrecklich aus. »Es war ein Unglücksfall. Ich habe den Revolver an mich nehmen wollen und dabei löste sich der Schuß. Madame Parnasse ist unschuldig. Außerdem . . .« er stockte, hustete und spuckte Blut aus. Der Arzt kniete vor ihm und entfernte meine Hemdfetzen aus der Wunde. Sie blutete nicht mehr. Der Blutstrom ergoß sich nach innen. Parkett verblutete innerlich. Langsam sprach er weiter. »Außerdem habe ich ein Geständnis zu machen. Ich habe heute morgen den Arzt Dr. Gaston Rablais zu töten versucht, indem ich ihn den Felsweg hinabstieß. Er wurde aber nur verletzt und liegt im Krankenhaus. Über die Gründe möchte ich nichts aussagen. Es waren private Streitigkeiten.«

John Parkett sank in den Sessel zurück. Der Arzt zog eine Injektion auf, aber bevor er die Hohlnadel in die Vene stoßen konnte, verfärbte sich Parkett. Seine Hände griffen zum Hals, als bekäme er keine Luft mehr, der Körper richtete sich auf, zuckte wild . . . dann fiel er in die Arme Botus zurück und atmete nicht mehr.

Seine starren, leblosen Augen sahen mich an. Noch im Tode ließen sie mich nicht los.

Schaudernd wandte ich mich ab. Ich sah die Tür, in der noch eine Reihe anderer Männer standen; ich sah die Bahre und hörte, wie der Arzt sagte: »Er ist tot.« Da sank ich in mich zusammen, sah noch, wie die dunklen Gestalten auf mich zutraten, ich hörte Stimmengewirr, die große, lichte Halle drehte sich um mich, dann war es Nacht. Ich erwachte in meinem Hotelbett, neben mir auf dem Stuhl saß ein Mann, ernst, verschlossen, selbst im gutgeschnittenen dunklen Anzug wie uniformiert.

Polizei.

Da wußte ich, daß alles kein Traum gewesen war, das Erwachen noch viel schrecklicher war und alles über mir zusammenschlug wie eine riesige, alles verschlingende Woge.

Die Strafe für meine schlechte Tat an Brigit . . .?

John Parketts Tod bildete in Juan les Pins die Sensation und den Gesprächsstoff am Strand, in den Cafés und Hotels. In den Badezelten, auf den Terrassen und hinter dem Glas der großen Hotelveranden zerbrach man sich den Kopf, wer wohl die schöne Frau gewesen sein mochte, die die Polizei im Hause Parketts angetroffen hatte, kurz nachdem der tödliche Schuß gefallen war. Daß es ein Unfall war, daran glaubte keiner. Man wisperte von einem Eifersuchtsdrama, von einem Racheakt aus gekränkter Ehre, und man suchte fieberhaft nach der Dame, die den Mut hatte, einen Mann und ihren Geliebten – denn daß John Parkett der Geliebte seiner Mörderin war, nahm man selbstverständlich an – mit einem kleinen Damenrevolver zu erschießen. Schon der Damenrevolver mit dem eingelegten Perlmutt bewies ja, daß es kein Unfall war, sondern eine überlegte Tat. Sicherlich aber aus einem Affekt heraus, aus der Aufwallung fraulichen Hasses heraus.

Ich saß mitten unter den geschwätzigen Menschen und wurde in das Gespräch mit hineingezogen. »Was sagen Sie dazu, Fräulein Doktor?« fragte man mich im Hotel. »Sie kannten doch diesen Mr. Parkett?«

Ich zuckte die Schultern. »Flüchtig! Er sprach uns an, weil wir den Fischer damals bei der Haijagd verbanden. Seitdem haben wir ihn nur auf der Terrasse des Miramar gesehen.«

»Er soll ein so netter Mensch gewesen sein«, sagte eine Amerikanerin verträumt. »Ein großer Liebhaber.«

»Möglich.« Ein Schweizer Uhrenkaufmann trank seinen Kognak aus. »Ob es nun eine Frau war oder ein Mann, eine Affekttat oder sonstwas. Mord bleibt es immer! Ich wundere mich, daß die Polizei von Juan les Pins so schweigsam ist – selbst der Presse gegenüber. Schließlich haben wir ein Recht, zu wissen, wer die Mörderin ist. Es ist ein scheußliches Gefühl, bei jeder Dame am Strand zu denken: Das ist sie!«

»Wenn Ihnen das so scheußlich ist, dann reisen Sie doch ab!« sagte ich laut. »Ich finde es aufregend, für unseren Pensionspreis neben dem Morgenei und dem Salzwind auch noch eine Mörderin serviert zu bekommen.«

Die anderen lachten laut, der Schweizer Uhrenkaufmann erhob sich und zog sich brummend zurück. Man prostete mir zu und war ausgelassener Stimmung. Keiner kam auf den Gedanken, daß ich . . . daß ich . . . Was denn, daß ich? War ich es denn wirklich gewesen? Hatte ich wirklich geschossen, hatte ich, als er mir den Revolver aus der Hand nehmen wollte, wirklich den Finger durchgebogen und abgedrückt. Oder hatte er so an meiner Hand gerissen, daß der Schuß von selbst fiel, ausgelöst durch den Ruck an meinen Fingern? Wie es auch gewesen sein mochte. Ich hatte den Revolver in der Hand gehalten, und er war noch in meiner Hand, als der Schuß durch das Haus hallte und John Parkett mit großen, erstaunten Augen zusammenbrach. Und diese erstaunten Augen mußten es mir eigentlich sagen, daß ich es gewesen war, der ihn erschoß, daß es kein Unfall war und daß auch Parkett wußte, daß meine Hand ihm den Tod gebracht hatte.

Und trotzdem deckte er mich und sagte als letztes zu den Polizisten, ich sei unschuldig. Er gestand sogar, Gaston den Felsenweg hinabgestoßen zu haben. Er gestand einen Mordversuch an Gaston!

Auf einmal war der Schuß kein Verbrechen mehr in meinen Augen. Ich fühlte mich nicht mehr schuldig, als ich dies dachte. Ich hatte Gaston gerächt, ich hatte gleiches mit gleichem vergolten, Auge um Auge, Zahn um Zahn. Ich hatte es Gaston zuliebe getan, und weil das so war, war es gut und gerecht und nicht wert, das Gewissen damit zu belasten!

Die Kriminalpolizei von Juan les Pins, die wegen des internationalen Charakters des Vorfalls durch das Morddezernat aus Nizza verstärkt wurde, verhielt sich mir gegenüber sehr diskret und verschwieg konstant meinen Namen. Auch verhinderte sie, daß Pressefotografen ein Bild von mir machen konnten. Die Verhöre fanden heimlich unter Wahrung völliger Anonymität statt. Hier zeigte sich die sprichwörtliche Galanterie der Franzosen einer Frau gegenüber.

Zu Gaston war ich am gleichen Nachmittag noch geführt worden. Er hatte die Besinnung wiedererlangt und machte gerade einem Beamten aus Nizza seine Aussage, daß John Parkett versucht habe, ihn den Felsen hinabzustürzen. Als er mich ins Zimmer treten sah, erhob sich der Beamte sofort, unterbrach das Stenogramm und verließ den Raum.

Gaston streckte mir lächelnd die unverletzte Hand entgegen und zog mich zu sich hinab. Er küßte mich zärtlich und legte dann den Arm um meine Schulter.

»Hast du dich sehr erschreckt, Liebes?« fragte er. »Es war wirklich ein Unfall und ganz allein meine Schuld. Parkett wollte mich noch aufhalten, doch da fiel ich schon.

Der Kollege von der Station sagt, ich könnte in drei Tagen wieder entlassen werden.« Er lachte, ein wenig zu sehr gewollt und gequält. »Der Herr Oberarzt selbst im Bett! Das wäre für Bocchanini ein Witz, über den er sieben Wochen lachen würde.«

Ich antwortete nichts darauf. Gaston schien noch nicht zu wissen, daß ich über alles informiert war, und daß Parkett mir selbst gestanden hatte, Gaston ermordet haben zu wollen. Er wollte mich aus dieser Geschichte heraushalten, ich sollte mich nicht aufregen, ich sollte gar nichts davon wissen. Guter, armer Gaston, wie lieb du bist!

»Wer war denn der Mann eben am Bett?« fragte ich, um bestätigt zu bekommen, daß Gaston von meiner Ahnungslosigkeit überzeugt war.

»Ein Mann von der Versicherung«, antwortete er schnell. »Er wollte mich aufgrund des Unfalles in die Unfallversicherung aufnehmen. So eine Art Ferienversicherung! Aber ich habe abgelehnt. Gut, daß du kamst. Er war ein hartnäckiger Bursche.«

Gaston sagte das fließend und ohne Zögern. Er log blendend und mit einer erstaunlichen Perfektion. Es klang alles so überzeugend und wahr, daß kein anderer daran gezweifelt hätte. Genau so glatt und mit lächelndem Gesicht kann er dich einmal belügen, wenn es nötig wird, durchfuhr es mich. Genau so zärtlich wird er sein, genau so lauter und treu, wenn er etwas überdecken würde, was ich nicht wissen sollte; eine andere Frau, eine neue Liebschaft, das Ende unserer Liebe, wenn wir uns nicht entschlossen, zu heiraten. Aber nie hatte einer von uns jemals darüber gesprochen. Es war, als habe uns der Gedanke nie gequält, ja, es war, als würde unsere Liebe in dem Augenblick zerstört werden, in dem wir sagten: Wir wollen heiraten. Eine legalisierte Liebe würde bei uns den Tod bedeuten. Den Tod unserer seligen Träume in den Armen des anderen.

»In drei Tagen ist alles gut, Liebes«, riß mich Gastons Stimme aus meinen Gedanken. Er streichelte mir über das Haar. »Dann werden wir wieder an den Strand gehen, du wirst mich stützen, und in der Sonne, im Meereswind und in deinen Armen werden wir alles vergessen . . .«

Ich nickte. Ich dachte an die Polizei, die Verhöre, die folgen würden, die Redereien der anderen Leute über die Suche nach der geheimnisvollen Frau, die über kurz oder lang doch zu meiner Entdeckung führen mußte.

»Gaston«, sagte ich zaghaft.

»Ja, Liebes?«

»Ich habe einen großen Wunsch.«

»Schon erfüllt – wenn ich ihn erfüllen kann.«

»Du kannst ihn erfüllen: Laß uns, wenn du aus dem Krankenhaus entlassen wirst, von hier weggehen. Laß uns nach Avignon fahren.«

Gaston sah mich erstaunt an. »Du willst nicht in Juan les Pins bleiben?«

»Jetzt nicht mehr. Die Leute reden so.«

»Was reden sie?« Gaston sah mich scharf an. Ich biß mir auf die Lippen. Ich war wütend auf mich selbst. Daß ich mich versprechen mußte, gerade jetzt versprechen mußte! Zu dumm! Ich dachte fieberhaft darüber nach, wie ich aus dieser unangenehmen Situation wieder herauskommen konnte und versuchte, Gaston unschuldig anzulächeln.

»Sie sehen mich alle so dumm an! So, als ob zwischen Parkett und mir etwas gewesen wäre!«

»Dummheit!« Gastons Stimme war wie ein Aufatmen. Aber ich spürte, wie er innerlich unruhig wurde und sich Gedanken machte. »Die Langeweile treibt sie zu den Phantastereien. Aber wenn du willst, reisen wir natürlich ab.«

»Ach, Gaston, ja. Bitte.«

»Nach Avignon?«

»Ja. Zu meinen Eltern.«

Ich beobachtete ihn scharf, wie er darauf reagierte. Aber er erschrak nicht, er zeigte nicht die geringste Regung. Er lächelte mir zu und nickte freudig.

»Gut. Fahren wir zu deinen Eltern. Es freut mich sehr, sie kennenzulernen.«

War es wirklich seine ehrliche Meinung, die er mir jetzt sagte? Oder war es wieder eine seiner glatten Lügen, seine ungeheure Selbstbeherrschung, die ihn alle Situationen meistern ließ? Ich wußte es in diesem Augenblick nicht, ich gab mir auch keine Mühe, in die Tiefe zu sondieren. Ich war glücklich, ihn überzeugt zu haben und in drei Tagen Juan les Pins verlassen zu können; den Ort, der leicht zu einer größeren Tragödie für mich werden konnte, als sie schon geworden war.

Ich war so glücklich und so völlig eingefangen von dem Gedanken, Gaston meinen Eltern vorzustellen, daß ich Brigit völlig vergaß. Auf die naheliegende Idee, daß Brigit nach der Enttäuschung in St. Brieuc statt nach Paris zurück nach Avignon gefahren war, kam ich nicht. Ich sollte diese Leichtgläubigkeit, die mir das Glück schenkte, später sehr bereuen. Dieses Später aber war noch weit. Heute lag Gaston noch in seinem Bett, und ich verabschiedete mich mit einem Kuß von ihm.

»Lieg schön still, chérie«, sagte ich zum Abschied. »Und tue, was dir der Onkel Doktor sagt.«

Er lachte und drohte mit dem Finger. »Warte, du Katze, bis ich wieder hier heraus bin! Ich werde es dir heimzahlen!«

Ich schloß mit einem Lachen die Tür seines Zimmers. Auf dem Flur stand die große, dunkle Gestalt des Kriminalbeamten. Die Fröhlichkeit erstarb in einem Gefühl der Angst und des Schuldbewußtseins.

»Madame Parnasse«, sagte der Beamte und trat auf mich

zu. »Wir haben Herrn Dr. Rablais nichts von dem gewaltsamen Tod Mr. Parketts erzählt. Wir haben ihm gesagt, er sei einem Unglück zum Opfer gefallen.«

»Das stimmt ja auch, Monsieur.«

»Nicht ganz! Auf dem Revolvergriff waren Ihre Fingerabdrücke.«

»Natürlich. Ich hielt die Waffe ja in der Hand, als der Schuß losging. Parkett wollte mir die Waffe entreißen, als der Schuß sich löste.«

»Das ist Ihre Version der Angelegenheit.«

Ein eiskalter Schrecken ergriff mich. Ich taumelte gegen die Flurwand und streckte die Arme vor, als wolle ich den dunklen Mann mit seiner mitleidlosen Rede abwehren.

»Parkett hat selbst gesagt, es sei ein Unglücksfall. Es wurde zu Protokoll genommen.«

»Es steht noch nicht fest, ob diese Aussage nicht im Augenblick der geistigen Verwirrung stattfand. Kurz nach der Aussage starb Mr. Parkett. Sein Geist konnte schon umschattet gewesen sein, als er sprach!«

»Aber . . . aber das ist doch unmöglich!« Ich starrte den Beamten an und schüttelte den Kopf. »Was soll nun werden?«

»Sie bleiben unter Beobachtung, Madame. Unsere Ermittlungen gehen weiter. Das wollte ich Ihnen bloß sagen. Und ich wollte Sie bitten, Herrn Dr. Rablais nichts von dem Vorfall bei Parkett zu erzählen, da seine Aussagen, die ja unbefangen sind, wertvolle Hinweise ergeben können. Für Ihre Unschuld – oder Schuld!«

»Das ist ja Dummheit, was Sie da reden!« rief ich erregt. Ich spürte, wie meine Knie schwach wurden und ich im Begriff war, umzusinken. Nur nicht hinfallen, dachte ich, nur nicht schwach werden. Das würde man als ein Schuldbekenntnis werten. Die Unschuld fällt nicht um bei einem dummen Verdacht. Sie kämpft um ihre Ehre! Und während ich das dachte, überfiel mich wieder der Gedanke, ob ich wirklich unschuldig sei und nicht doch abgedrückt hatte. Aus Notwehr, aus Unkenntnis, unbewußt vielleicht nur. »Ich hatte allen Grund, Parkett zu erschießen . . .«

»Das wissen wir«, unterbrach mich der Kriminalbeamte.

». . . aber ich habe es nicht getan! Ich kann es nur immer wieder sagen: Ich habe es nicht getan! Sie müssen es mir glauben.«

»Wir geben uns dazu alle Mühe, Madame. Nur die Indizien sind sehr, sehr schwerwiegend . . .«

»Indizien können irren! Botu war zugegen, als Parkett seine Aussage machte. Er hat gesehen, daß ich mich um ihn bemühte, als der Schuß gefallen war. Ich habe ihn verbinden wollen. Wenn ich ihn umgebracht hätte, wäre ich geflüchtet, aber ich würde ihn nie und nimmer verbunden und solange gewartet haben, bis die Polizei kommt.«

»Das alles kann überlegt sein, Madame. Ein Mord, als Unglücksfall getarnt. Er zieht als Konsequenz Ihr Ausharren und Ihre Hilfsbereitschaft nach sich.«

»Sie glauben mir also nicht?«

Der Polizeibeamte zuckte mit den Schultern. »Wir bemühen uns, Madame, es zu tun. Immerhin war Mr. Parkett ein sehr reicher Mann und spielte in den USA eine gewisse Rolle im Wirtschaftsleben.«

Ich hatte durch das Gespräch meine Haltung wiedergewonnen und strich mir über die Haare. Durch die großen Glasfenster des Flures flutete hell das Sonnenlicht herein. Die Strahlen brannten auf meiner Haut.

»Sobald Dr. Rablais entlassen wird, wollten wir Juan les Pins verlassen«, sagte ich.

»Das steht Ihnen frei. Sie müssen uns nur den neuen Ort Ihres Aufenthaltes melden und jederzeit erreichbar sein.«

»Avignon. Bei Jean Parnasse, Rue de Rhône 43.«

»Ihre Eltern?«

»Ja.«

»Danke, das genügt.« Der Beamte hatte sich die Adresse notiert und wandte sich wieder der Tür von Gastons Zimmer zu. »Sie haben Dr. Rablais also noch nichts erzählt?« fragte er, bevor er die Klinke herunterdrückte.

»Nein, gar nichts.«

»Danke.«

Er trat in das Zimmer und zog hinter sich die Tür zu. Aber auch, als er aus meiner Nähe gegangen war, fiel die Beklemmung nicht von mir ab, die mich ergriffen hatte. Ich hatte das Empfinden, auf einem schwankenden Boden zu stehen, der sich jeden Augenblick öffnen konnte und mich verschlang. Was geschah, wenn man nicht an den Unglücksfall glaubte? Wenn man mich als eine Mörderin betrachtete, die ihren heimlichen Geliebten aus einem Motiv erschoß, das vielleicht Eifersucht sein konnte oder eine gewaltsame Lösung von diesem Mann, um mit Dr. Rablais zusammenbleiben zu können? Wer weiß, was die Polizei alles an Motiven entdecken würde, was sie mit Indizien glaubhaft zu machen versuchte. Auch wenn alle Anklagen schließlich zusammenbrechen mußten: Es blieb der Makel, einmal als Mörderin verdächtigt worden zu sein. Ich, die Ärztin Dr. Gisèle Parnasse aus Paris. Auch das Verhältnis zwischen mir und Gaston würde dann bekannt werden, und wenn man auch in Paris großzügig war und darüber hinwegsah, daß eine schöne Frau einen Geliebten besaß, so würden es doch meine Eltern erfahren und Brigit, vor der ich Gaston immer herabgesetzt hatte.

Es kam mir vor, als hätte ich Blei unter meinen Füßen, als ich den Gang hinabging und aus dem Krankenhaus hinaus auf die palmengesäumte Straße trat, hinein in den leisen Wind, der über das Meer zu mir hinwehte und den Geruch des Wassers mit sich trug. Von der Blumenterrasse des Cafés ertönte die Tanzmusik, vom Strand herüber schallte das Lachen der Badenden und das Knattern der Motorboote, die in rasender Fahrt die Wasserskiläufer hinter sich herzogen und sie durch die spritzende Gischt schleuderten.

Schnell ging ich in unser Hotel und legte mich aufs Bett. Den ganzen Tag über blieb ich liegen und las, hörte aus dem Radio die Musik oder saß am Fenster, starrte auf das bunte Leben unter mir und beneidete die Menschen, die sorglos durch die Sonne sprangen. Ich ließ mir das Essen auf das Zimmer bringen und erklärte, mir sei unwohl. Am späten Abend rief ich im Krankenhaus an. Gaston schlief wieder nach einer Injektion, die man ihm wegen des verstauchten Armes gegeben hatte. Es gehe ihm gut, sagte der junge Stationsarzt. Ich hängte ein und saß in der Einsamkeit der Dunkelheit am Fenster und wagte mich nicht mehr unter die Menschen.

Vom Miramar herüber leuchteten die Lampions und die langen Reihen der bunten Lämpchen. Auf einer blitzenden Tanzfläche drehten sich tanzende Paare in großer Abendtoilette. Eines der großen Strandfeste von Juan les Pins. Ich konnte den Hollywoodstar Yvonne Saltas erkennen, den Reeder Ariston, den Zündholzmillionär Ingo Barkaley und die ewig ruhelos umherreisende Millionärswitwe Diane Constantino. Sie alle waren da und tanzten unter den Lampions des Miramar – und ich saß hier am Fenster, den Geliebten verletzt im Krankenhaus, selbst unter Mordverdacht, von den anderen Menschen gejagt, ohne daß sie wußten, wer es war, den sie jagten. Da legte ich den Kopf auf die Arme und weinte. Wirklich – nach allen Aufregungen, nach allen Schlägen des Schicksals fand ich erst jetzt die Tränen. Sie erlösten mich von dem inneren Druck, sie schwemmten alles weg, was mich bedrängte, ich wurde frei durch diese Tränen und lag schluchzend am Fenster, eine Frau, die ausgezogen war in den herrlichen Süden, um wunschlos glücklich zu sein und der ihre eigene Schönheit, nach wenigen Stunden bereits, nur Fluch und Wehmut gebracht hatte.

Nach sechs Tagen erst wurde Gaston entlassen. Er trug den Arm noch in der Binde, und ich stützte ihn, als wir durch den Abend zu dem Hotel schlichen. Ja, wir schlichen . . . wir mieden die lauten Wege und die bevölkerten Promenaden. Wir umgingen die großen Hotels und Cafés und pirschten uns von den Felsen her an unser Hotel heran, das wir auch durch den Boteneingang betraten und über die Hintertreppe hinaufeilten, bis wir in unserem Zimmer waren und uns, nachdem wir uns eine Weile stumm angesehen hatten, innig küßten.

»Wie Verbrecher«, sagte Gaston leise, als er sich in den Sessel setzte, und ich ihm half, seine Jacke auszuziehen. Er sah mich ernst an und zog mich dann zu sich auf den Schoß. »Gisèle – ich muß dir etwas sagen.«

»Ja, Gaston.«

Ich war ganz gespannte Aufmerksamkeit. Sein Blick war so ernst und tief, daß ich mit Recht etwas Außergewöhnliches in seinen Worten erwarten konnte.

»Ich habe dir etwas verschwiegen, Gisèle«, sagte Gaston langsam. »Als ich das zweite Mal bei Botu war und ihn untersuchte, merkte ich, daß Parkett uns aus einem mir unbekannten Grund betrogen hatte: Botus Cyanose war nichts anderes als blaue Farbe, die Parkett ihm auf die Haut gestrichen hatte!«

Er sah mich an, als erwarte er einen Ausbruch des Erstaunens oder der Ungläubigkeit. Um mich nicht zu verraten, sprang ich von seinem Schoß auf und schlug mit der rechten Faust in meine linke Handfläche.

»So ein Schuft!« rief ich, und es gelang mir gut, die Wütende zu spielen. »So ein Scharlatan! Und warum hat er das getan?«

»Das habe ich nicht erfahren! Vielleicht wollte er es mir erklären, aber ich ließ Parkett nicht ausreden, sondern machte ihm Vorwürfe. In meiner Erregung bin ich dann fehlgetreten und den Weg hinabgestürzt.« Er wischte sich über die Augen, als übermanne ihn wieder die Erinnerung an den schrecklichen Sturz den steilen Pfad hinab. »Ja, so ist es gewesen, Gisèle . . .«

Er log so blendend, so »wahr«, so virtuos, daß ich ihm nicht widersprach, sondern seine Lüge als eine Tatsache hinnahm. Wieder berührte es mich irgendwie eigenartig, daß Gaston so fließend die Unwahrheit sagen konnte, auch wenn ich selbst ihn belog und mich herauswand aus allen verräterischen Situationen. Warum sagte er nicht die Wahrheit? Warum deckte er Parkett? Hatte ihm Parkett – wie er mir kurz vor seinem Tode gestanden hatte – gesagt, daß er mich liebte, und Gaston wollte nun verhindern, daß ich es erfuhr? War er eifersüchtig?

In dieser Nacht, der letzten in Juan les Pins, lag ich wieder in seinen Armen. Wie ein Mensch, der lange gehungert und gedürstet hat, verbrannte Gaston unter meinen Liebkosungen und stöhnte ein paarmal vor Schmerz auf, wenn sein verletzter Arm ihn hinderte und die Wildheit unserer Natur in einem Furioso der Gefühle und Taten über uns zusammenschlug.

Als der Morgen dämmerte, lag ich wach an seiner Seite. Er schlief, den Kopf an meiner Schulter. Ich starrte in das fahle Morgenrot, das sichtlich röter und goldener wurde und durch das Fenster meinen nackten Leib einhüllte. In drei Stunden ging unser Zug nach Avignon, in drei Stunden war unser geheimes Märchen der Liebe zu Ende geträumt. War es wirklich ein Märchen, Gaston? Märchen enden mit dem Glück des Königssohnes und der Königstochter. Wir aber flüchten vor der Welt in die Masse und das Halbdunkel der Anonymität. Wir rennen fort vor der Schönheit und dem Glück im Märchen und behalten vielleicht nur das, womit ein Märchen beginnt, bei uns aber endet: Es war einmal . . .

Wie würde das alles werden? Gab es für mich, jetzt, da ich unter Mordverdacht stand, überhaupt noch ein Zurück in die bürgerliche Welt, aus der ich kam? Auch wenn ich unschuldig war, wenn die Ereignisse über mich hereinstürzten, ohne daß ich die Möglichkeit hatte, sie abzuwehren, auch wenn alles so plötzlich kam, so völlig sinnlos, wenn man es genau betrachtete . . . alle diese Wenns waren kein Schild gegen das Mißtrauen, das man einer Frau entgegenbringt, die mit einem rauchenden Revolver in der Hand vor der Leiche eines Mannes steht; allein in dessen Wohnung, hinter verschlossenen Türen.

Plötzlich ahnte ich, daß auch Gaston mir nicht glauben würde, wenn er die volle Wahrheit erfuhr. Auch er mußte denken, daß Parkett und ich uns heimlich getroffen und gefunden hatten, und daß ich ihn erschoß, erst dann erschoß, als er drohte, Gaston die Wahrheit zu sagen! So mußte es ausgelegt werden, so würde es auch heißen, und Gaston wäre kein Mann, wenn er dies nicht glauben würde! Alles paßte ja zueinander: Parketts blauer Diener, Gastons Aussprache mit John, der ihm sagte, daß er mich liebte und das Attentat an Gaston; und während er im Krankenhaus lag, wurde Parkett erschossen. Von mir! Braucht man da noch ein Motiv zu suchen? Ist nicht alles klar? Klarer, als ein Teich in der Sonne, klarer als ein erleuchtetes Fenster in der Nacht?

Und doch bin ich unschuldig! Hört mich doch – ich bin unschuldig! Wie oft soll ich es sagen, wie einfach wird alles, wenn man mir nur glauben wollte! Oh, glaubt mir doch. Ich weiß ja bis heute nicht, warum dies alles geschah! Nur wegen meiner Schönheit? Wegen meines Gesichtes, wegen meines Körpers?

Ich blickte an mir herunter. Nackt lag ich an Gastons Seite in den Strahlen der hellen Morgensonne. Ich sah meine Brüste, die Wölbung des Magens, den Nabel, die Erhebung des Leibes, die schlanken, langen Schenkel, die runden Knie, die Beine, die kleinen Füße. Deswegen also, dachte ich. Also nur deswegen . . .? Wegen des weißen, zitternden Fleisches, den Formen der Muskeln und Glieder, dem Pulsschlag in der Armbeuge und an der Innenseite der Oberschenkel, der warmen, flauschigen Geborgenheit meines Schoßes . . . Also nur deswegen?

Ich sah zur Seite. Gastons brauner Körper war an der Brust, an den Beinen und auf dem Rücken mit dunklen Haaren bedeckt. Triebhafte Natur atmeten seine Muskeln und die Formen seines Leibes. Ich betrachtete ihn lange und spürte, wie es heiß in mir emporstieg, wie meine Knie zuckten, meine Schenkel zitterten und meine Brust sich nach seinen Händen sehnte, nach seinen spielenden, zärtlichen, tastenden Fingern.

Wirklich nur deswegen, durchfuhr es mich. Alles geschieht nur deswegen! Alles! Alles! Das ganze Leben ist nur ein »deswegen«. Wir atmen, wir essen, wir arbeiten, wir trinken, wir lachen und wir weinen – nur deswegen. Es ist die urgewaltige Macht, die uns treibt, die alle Grenzen des Ichs sprengt, die keine Dämme kennt, sondern wie das Urmeer über alle Ufer spült und sich nur dem Gesetz der Gezeiten und dem Gesetz des Lebens und Sterbens unterordnet.

Gaston bewegte sich. Er drehte sich auf den Rücken, er öffnete die Augen, sah mich an, lächelte, dehnte sich . . . sein Körper war braun und behaart, triebhaft und schön. Da war ich nur noch eine Welle des Urmeeres und überspülte die Ufer, und die Winde rasten über das Meer, die

Sonne schleuderte brennende Pfeile, die Sterne fielen herab, und die Erde barst auf und schleuderte das Magma bis in die Wolken. Die Gewalt der Schöpfung begann von neuem. Und es gab niemand, der ihr widerstand.

Im Abschied vom Märchen war ich am glücklichsten.

3

Etwas außerhalb Avignons, südlich der Durance, liegt der kleine Ort Caissargues an der Bahnlinie Avignon–Orgon. Es ist eines der südfranzösischen Dörfer voller Weinhügel, verträumter Gassen, verklungener Troubadourromantik und lebenslustiger Mädchen, die in den Gärten arbeiten oder nach Avignon und Arles in die großen Weinkellereien und Obstkochereien fahren. Um die alte Kirche gruppiert sich das Dorf. Es zieht sich in die Hügel hinein, mitten in die Weinfelder. Es ist, als sei ein jedes Haus ein kleines Weingut, und wenn man in eines dieser Bauernhäuser tritt, erwartet man große Weinfässer und den Geruch der gekelterten Trauben.

In diesem verträumten, zwischen Mittelalter und Neuzeit lebenden Caissargues, wohnten meine Eltern. Mein Vater hatte dort eine gutgehende Landarztpraxis und einen schönen Besitz mit einem Weinberg. Er lebte seit 40 Jahren sehr geehrt, mit seinem Lebensschicksal zufrieden, zwischen den Erinnerungen an fahrende Ritter der Troubadourzeit und schweren Luxuslimousinen, mit denen die reichen Weingutbesitzer von Cavaillon zu ihm in das abgeschiedene Dorf kamen.

Gaston und ich fuhren bis Avignon auf der großen D-Zug-Strecke, um dann umzusteigen in die Kleinbahn, die nach Caissargues führt. Ich war gespannt, was Vater und Mutter sagen würden, wenn ich ihnen Gaston vorstellte, von dem sie keine Ahnung hatten und von dem ich auch nichts aus Paris geschrieben hatte, und zwar aus Angst, Brigit hätte irgendwie in den Besitz eines dieser Schreiben

144

kommen können. Mutter – so malte ich es mir aus, während wir durch die schon herbstliche Landschaft und die Hügel gemächlich dahinrollten – würde wenig sagen. Sie war eine stille, gütige Frau, die alle Entwicklungen des Lebens als von Gott gegeben ansah und sie deshalb mit dem immer freudigen Herzen ertrug – ob sie nun schlecht oder angenehm waren. Vater dagegen galt in seinen jungen Jahren als ein Feuerkopf, der mit dem Schädel durch die Wände ging und einmal sogar bei seinem Assistentenpraktikum im Krankenhaus von Arles dem Oberarzt das Glas mit den Thermometern ins Gesicht warf, weil dieser behauptete, mein Vater habe die Temperatur falsch abgelesen.

Vater, das war mir klar, würde Gaston sehr kritisch betrachten, denn der Umstand, daß Gaston als Oberarzt an einer großen Pariser Klinik arbeitete, war für ihn noch lange nicht ein Ausweis für die Lauterkeit eines Mannes. Ich fürchtete Vaters prüfenden Blick nicht. Auch er würde erkennen, daß Gaston Rablais ein Schwiegersohn war, wie er ihn sich nicht besser wünschen konnte.

Je näher wir Caissargues kamen, um so unruhiger wurde ich. Nicht, weil ich vielleicht doch ein wenig Angst hatte (welche Frau aber gibt das zu?), sondern weil mich ein beklemmendes Gefühl erfaßte, eine Ahnung von etwas Unerhörtem, von einer Gefahr, der wir entgegenliefen. Ich habe manchmal solche merkwürdigen Ahnungen gehabt. Es ist mir dann, als lege eine unbekannte Hand einen eisernen Reifen um mein Herz, so daß es sich beim Schlag nicht mehr ausdehnen kann und versucht, den Ring zu sprengen. Immer hatte sich diese Ahnung bestätigt, immer war etwas gekommen, was unangenehm gewesen war und große Nachwirkungen hinterließ. Was es jetzt, gerade bei meinen Eltern, in dem einsamen und idyllischen Caissargues sein konnte, wußte ich nicht. Aber das Gefühl war da, und es nahm mich voll und ganz in seinen Bann.

Vor der letzten Station vor Caissargues ergriff ich Gastons Hand.

»Sollen wir umkehren, Gaston?« fragte ich.

»Umkehren? Warum?« Er sah mich erstaunt an und beugte sich vor. »Du siehst so blaß aus, Liebes.« Er lachte leise. »Ich glaube, du hast Angst vor deinen Eltern! Eigentlich sollte ich diese Angst haben!«

»Ich weiß nicht, was es ist, aber ich glaube, es ist besser, wir steigen gleich in Breuillieuc aus und fahren über Avignon nach Paris zurück. Von dort aus werden wir den Eltern alles schreiben, ja?«

Ich wollte mich erheben und die Koffer aus dem Gepäcknetz holen, aber Gaston hielt mich fest. Er stand neben mir und drückte mich in den Polstersitz zurück, den hier nur die Wagen der Ersten Klasse haben.

»Was soll das, Gisèle?« Er schüttelte den Kopf. »Ich dachte eben, du machst einen Scherz, aber ich sehe, du willst wirklich aussteigen! Was hast du denn?«

»Ich weiß es nicht.« Ich hob hilflos die Schultern und lehnte den Kopf an seine breite Brust. »Ich habe ein so dummes Gefühl, daß unsere Anwesenheit in Caissargues nicht gut sein wird.«

»Deines Vaters wegen?«

»Nein. Der wird sich freuen.«

»Oder hast du einen früheren Liebhaber dort, der mich umbringen könnte?« Gaston lachte laut. »Ich bin unverwüstlich!«

Er mochte bei diesem Satz an den Anschlag John Parketts auf ihn denken, den er mit viel Glück überlebt hatte. Der Arm lag noch immer in der Schlinge und schmerzte, und unter den Haaren, am Hinterkopf, hatte er noch einen großen Bluterguß. Ich streichelte seinen verletzten Arm und schüttelte den Kopf.

»Als ich Caissargues verließ, um auf ein Internat zu gehen, war ich dreizehn Jahre alt. Nur in den Ferien war ich dann hier, und da paßten Vater und Mutter auf mich auf. Erst in Paris, unter den Händen eines Dr. Rablais, wurde ich so verdorben wie ich bin.«

»Eine süße Verderbtheit!« Er küßte mich, aber auch dieser Kuß konnte meine innere Erregung vor einem kommenden Unheil nicht dämmen.

Breuillieuc, ein kleiner, mit wildem Wein bewachsener Bahnhof, von dem ein staubiger Weg ins Dorf führte, entschwand vor den Fenstern. Die nächste Station war Caissargues. Es gab kein Halten mehr, kein Überlegen. Die wenigen Minuten Zögern bis zum Wiederanfahren des Zuges sollten unser Schicksal werden.

Schon kannte ich jedes Haus, das an uns vorbeizog: das Weingut der Bointes, den Hof der Maiers, dort, das lange, rote Ziegeldach, das war der große Pferdestall des Gestütes von Baron de Brientes. Und dort, zwischen den Hügeln, sah man einen kleinen Turm. Es war das verrückte Haus des noch verrückteren Malers Jean Papuscu, eines Rumänen, der hier in der Provence geblieben war, weil die Motive für seine Bilder so lichtüberflutet waren und vor allem der Wein so gut schmeckte.

Caissargues! Die Heimat! Der kleine Bahnhof mit dem Stationsvorsteher Julien Gabinnot, der seit 1945 einen nach oben gedrehten, langen Schnauzbart trug und ihn seit 1970 mit schwarzer Farbe färbte!

Der Zug hielt. Ich stieg aus dem Waggon, Monsieur Gabinnot grüßte stramm, aber da er im Dienst war und den Zug erst abfahren lassen mußte, ging er an uns vorbei zur Lokomotive, ganz Würde seines Amtes.

An der Sperre stand ein fremder Beamter, ich kannte ihn nicht. Draußen, auf dem Bahnhofsplatz, hielt eine kleine, altmodische Droschke. Pferd und Wagen gehörten den

Brüdern Binot. Sie hatten sie geerbt, und es gab jedesmal einen großen Krach im Hause Binot, wenn Jean am Sonntag fortfahren wollte und François ihm dazu nicht sein Pferd lieh. Andererseits tobte François, wenn er in die Stadt wollte, und Jean gab ihm nicht den Wagen. Nur wenn der Zug hielt, waren sie sich einig: Als Droschke waren sie unbezahlbar, und es gab Fremde, die empfahlen ihren Bekannten, in Caissargues auszusteigen und sich durch das Dorf fahren zu lassen, nur um sich die Erklärungen der Brüder, die beide auf dem Kutschbock thronten, anzuhören.

Die Brüder Binot tippten an ihre schwarzen Baskenmützen, als wir in ihre Droschke stiegen. Da Gaston dabei war, wagten sie nicht, mit mir zu sprechen und mir auf die Schulter zu schlagen, wie sie es immer als Begrüßung taten, wenn Dorfbewohner mit dem Zug ankamen. Kaum hatten wir die Tür hinter uns zugeschlagen, fuhren sie auch schon an und zockelten in das »verwunschene« Dorf hinein.

Nach einer Weile tauchte hinter der Kirche, an einem Seitenweg zu den Weinhügeln, ein langgestrecktes, in einem blühenden Garten liegendes Haus auf, vor dessen Giebel, der Sonne zu, ein großer Balkon war.

Unser Haus . . .

Die Brüder Binot hielten. Wir stiegen aus der Droschke, und Gaston wollte bezahlen. Aber Jean winkte ab und tippte an die Baskenmütze.

»Dafür holen wir uns vom Doktor Medikamente«, sagte er, schnalzte mit der Zunge, und das Pferd zog wieder an und trottete weiter.

Gaston sah ihm kopfschüttelnd nach. »Geht hier alles auf Gegenrechnung?« rief er vergnügt und drehte sich um. Dann faßte er mich unter, nahm den schweren Koffer in die andere Hand und schritt auf das Haus zu. »Soll ich jetzt sagen: Auf in den Kampf?« fragte er fröhlich.

Ein teufliches Gefühl schnürte mir die Kehle zu. Ich schüttelte den Kopf und wollte etwas sagen, als ein erstaunter Ruf aus dem Garten klang und ein weißes Perlonkleid den Hausweg hinabgewirbelt kam. Ein blonder Lokkenkopf . . . weiße Arme . . . ein schlanker, feenhafter Körper . . . Ich schloß die Augen und klammerte mich an Gaston. Es war mir, als habe sich die Erde in einem gewaltigen Beben geöffnet.

Die weiße Gestalt wirbelte uns durch die Sonne entgegen.

Brigit . . .

Mama war wie immer: Still, zufrieden mit dem Schicksal, wie es gerade war, glücklich, daß sie leben und ihren Mann versorgen durfte. Ihre Ansprüche ans Leben erschöpften sich in der Einhaltung des Tages- und Nachtrhythmus' ihres Daseins auf Erden. Sie hatte keine Wünsche, schon gar keine Forderungen an das Leben. Sie hatte zwei Kinder bekommen, hatte einen Mann, der als Landarzt überall beliebt war und gern etwas mehr Rotwein trank, als er sollte, und sie beobachtete mit glücklicher Zufriedenheit, wie die älteste ihrer Töchter auch Arzt geworden war und die Kleine, Brigit, sich zu einer begabten Künstlerin entwickelte. Das Leben war voll und rundherum glücklich. So sah es Mama.

Welch eine wundervolle Frau in dieser rauhen, erbarmungslosen Welt!

Mit Papa war das anders.

Nicht, daß er ein Tyrann gewesen wäre, wie es so viele Väter sind, die auf ihre Autorität klopfen und sie als Fundament allen Lebens ansehen; nein, Papa war ein herzensguter Mann, der nur die Eigenschaft hatte, diese Güte immer zu verbergen und der alles tat, sie vor anderen zu verstecken.

Das hatte ihn als Arzt gerade in dieser Gegend so berühmt gemacht. Die Weinbauern, ob sie nun als Arbeiter in den Kellereien arbeiteten oder selbst große Gutsbesitzer waren, wie etwa der Comte de Villier auf Chauteau St. Blaisance – jeder war vor Papa gleich, ein Patient, der aus dem Boden der Provence gewachsen war und dementsprechend behandelt werden wollte.

Das heißt: Papa war grob zu seinen Kranken. Er schnauzte sie an, wenn sie einen Diabetes hatten: »Friß und sauf weniger, du Selbstmörder!«, oder er sagte dem Grafen glatt ins Gesicht: »Wenn ich wie Sie schon 67 Jahre alt bin, Arthritis in den Knochen habe und ›Ständerpräparate‹ fressen muß, damit die Andeutung einer Männlichkeit überhaupt sichtbar wird, leiste ich mir keine Geliebte, die 23 Jahre alt ist! Sie haben Herzbeschwerden, Comte? Sammeln Sie Picassos oder Chagalls, aber keine jugendlichen Venusberge!«

Jeder andere wäre daraufhin aus dem Schloß geflogen. Papa nicht. Er wurde immer wieder gerufen. Nicht nur als Arzt, auch als Schachpartner oder zu einer Weinprobe nach der neuen Ernte. Und als sich der Comte eine Orchideenzucht zulegte, sagte Papa: »So ist es richtig, Comte! Befruchten Sie Blumen . . . das können Sie noch.«

Natürlich war Papa orientiert, wer da in sein Haus kam. Ich hatte ihm geschrieben und kurz vor unserer Abfahrt von Nizza noch schnell mit ihm telefoniert.

»Dein Oberarzt?« hatte Papa mit strenger Stimme gesagt. »Bocchaninis rechte Hand? Gisèle, gab es keinen anderen Mann in ganz Paris?«

»Du kennst ihn ja noch gar nicht, Papa!« hatte ich ins Telefon gerufen. »Ich bin so glücklich!«

Es kostete mich etwas Mühe, das auszurufen. Parketts Tod saß uns ja allen im Nacken, und die Untersuchungen der Mordkommission waren noch nicht abgeschlossen. Ich blieb unter Beobachtung, ich mußte der Polizei immer angeben, wohin ich fuhr und ich mußte immer erreichbar sein. Bei Gaston lag die Sache anders. Ihn brauchte man als Zeuge, ob Parkett ihn wirklich mit Absicht den Felsweg hinuntergestoßen hatte.

Mord und Totschlag nach allen Seiten, aber ich sagte dennoch: Ich bin so glücklich! Es war jedoch keine Lüge. Wenn ich an Gaston dachte, nur an ihn, war alles um mich herum nur Glück.

»Er ist dein Vorgesetzter«, sagte Papa am Telefon.

»Ist das ein Hindernis?«

»Ich möchte nicht, daß meine Tochter zu einer typischen Krankenhausliebe wird«, sagte Papa. »Dazu bist du mir zu schade. Das mag altmodisch klingen, obwohl ich weiß, daß die neue Zeit da anders denkt. Ich kenne das alles, von wegen Emanzipation, Gleichberechtigung, Sexualität als Grundnahrungsmittel wie Brot und Butter. Diese ganz moderne Moral kenne ich, die entdeckt haben will, daß die horizontale Lage der Psyche am besten bekommt!«

»Papa«, sagte ich entsetzt. »Wie redest du auf einmal.«

»Von Arzt zu Arzt, Gisèle – sage ich etwas Falsches?«

»Gaston kommt zu dir. Wenn es nur eine Liebelei wäre, ein Abenteuer für ihn . . . er würde nie zu dir kommen, sondern dir ausweichen. Gerade Gaston. Er ist der ehrlichste Mann der Welt.«

»Gibt es das überhaupt? Einen ehrlichen Mann?«

»Papa!«

»Ich habe das Leben kennengelernt, Gisèle«, hatte Papa dann zum Abschluß des Telefonats gesagt. »Früher habt ihr immer abgewunken, wenn ich das sagte. Die Jugend weiß ja alles besser. Aber einmal kommt der Augenblick, wo auch ihr Jungen einseht, daß Lebenserfahrung wichtig ist und man sie nicht in einem Supermarkt kaufen kann. Ratschläge stehen nicht in den Regalen! Willst du einen

Ratschlag von mir?«

»Nein, Papa.«

»Warum rufst du dann an?«

»Nur, um dir zu sagen: Wir kommen nach Caissargues. Und daß du dich nicht wunderst, wenn Gaston mit dir unter vier Augen reden will.«

»Mich dumm stellen, war immer eine Spezialität von mir«, antwortete Papa in seiner Art. »Ihr seid alle immer darauf reingefallen!«

Nun stand Gaston Papa gegenüber . . . zwei Köpfe größer als er, sie schüttelten sich die Hand und tauschten die üblichen Floskeln aus. Ein Abtasten, das Zusammenfassen des ersten Eindrucks, den Papa immer für sehr wichtig hielt. Wen er auf Anhieb nicht mochte, der konnte auf den Händen über ein Seil tanzen – er beachtete ihn nicht. Als Arzt verschrieb er solchen Menschen grundsätzlich starke Abführmittel. »Vielleicht ist er ein anderer Kerl, wenn er sich ausgeschissen hat«, meinte er dann. »Eine gute Darmreinigung wirkt sich auch auf den Charakter aus!«

Papa war einmalig auf seine Art. Wie Mama. Ich glaube, ich habe die besten Eltern!

Mama lief wieder herum wie ein gejagtes Huhn, hatte Angst, ihr Braten brenne an, schenkte Wein ein und flüsterte mir zu, der Pudding wolle nicht steif werden. Eine Tragödie! Gerade Pudding konnte Mama so fabelhaft kochen.

Brigit, die sonst immer Mama in der Küche half, benahm sich stur und wich nicht von unserer Seite. Sie starrte Gaston mit ihrem Puppengesicht geradezu unverschämt an und quittierte jeden Satz von ihm mit einem untergründigen, kaum hörbaren, aber doch im Raum bleibenden girrenden Lachen.

Eine dämliche Gans!

»Hilf in der Küche«, zischte ich ihr zu.

»Ich denke nicht daran!« fauchte sie zurück. »Geh du doch!«

»Wir sind hier Gäste.«

»Ich auch! Gäste bei Papa und Mama! Mach dich nicht lächerlich!«

Gaston erklärte kurz den Anlaß, daß sein Arm in einer Schlinge war und stellte alles so hin, als sei er auf einem glatten Felsen ausgeglitten. Wir Frauen, Mama, Brigit und ich, standen abseits und hörten zu. So war es eigentlich immer bei uns gewesen: Wenn Papa sprach, war er der Mittelpunkt, vor allem, wenn er mit Männern sprach. Überhaupt waren Männer – nach dem Prinzip des Bibelwortes: Er soll dein Herr sein! – für Papa der Glanzpunkt aller Schöpfung. Frauen sprach er eine logische und konstruktive Intelligenz ab. Daß ich Ärztin geworden war, mußte in seinen Augen auf einem Irrtum beruhen. So stellte er es wenigstens dar. In Wahrheit jedoch platzte er vor Stolz, zwei so hübsche und kluge Töchter zu haben, schon allein aus der einseitigen Erkenntnis heraus, daß diese Töchter nur von ihm die Intelligenz geerbt haben konnten.

»Ich freue mich wirklich, daß Gisèle wieder bei uns ist«, sagte Papa zu Gaston. »Und daß Sie mitgekommen sind, Dr. Rablais, trotz Ihrer vielen Klinikarbeit, finde ich fabelhaft. Ich habe neulich Ihren Bericht über die Behandlung einer Restempyemhöhle unter Vermeidung einer Entknochung gelesen. Ich bin kein Chirurg, das hat Ihnen Gisèle sicherlich erzählt, ich bin ein alter Praktiker und Landarzt, der verhinderte Fürze wieder zum Blasen bringt, Ihr Artikel aber hat mir trotzdem sehr imponiert. Wie die Medizin von Tag zu Tag fortschreitet! Einmal entdeckt sie das ewige Leben.«

»Das wäre möglich. Zellbiologisch wären Alter von 150 Jahren möglich.«

»Fürchterlich! Bei unserer kleinen Erde. Wir würden

uns alle gegenseitig auffressen, um Platz zu haben!«

Das erste Gespräch zwischen Papa und Gaston begann bereits zur Diskussion zu werden. Ich blickte Mama hilfesuchend an, aber sie zuckte nur mit den Schultern. Nach 35 Jahren Ehe mit Papa sind Eingreifmöglichkeiten längst erschöpft. Dagegen lauschte Brigit, als sängen Papa und Gaston die schönsten Opernduette. Sie benahm sich widerlich kindisch und aufdringlich. Ein Püppchen im weißen Kleid, das stumm aufforderte, mit ihr zu spielen.

»Mein Braten!« rief Mama entsetzt und rannte in die Küche.

Es war wie immer. Ich war zu Hause.

Am Abend saßen wir dann allein zusammen, Gaston, Brigit und ich. Die Eltern waren zu Bett gegangen, nachdem sie sich mit Gaston gut unterhalten und Vater ihn gebeten hatte, unser Gast zu sein, bis sein Arm ausgeheilt sei. Das war ein Beweis, daß er Gaston gern mochte, daß Gaston die erste Schlacht gewonnen hatte. Er wußte es, und ich erkannte es an seinen fröhlichen Augen, mit denen er den schweren Rotwein trank und in das Kaminfeuer blickte, das uns umflackerte. Sonst war es dunkel im Raum. Wir saßen auf Hockern am Feuer.

Eigentlich hätte ich glücklich sein müssen, so unendlich glücklich, wenn nicht Brigit gewesen wäre! Brigit, die ich weit weg wähnte oder zumindest in Paris, wohin sie enttäuscht von St. Brieuc zurückgekehrt sein mußte – wie ich dachte. Daß sie jetzt hier bei den Eltern war und bei uns am Kamin saß, zeigte mir die große Gefahr, in der sich unsere Liebe befand.

Wir sprachen lange Zeit kein Wort. Gaston sah in die Flammen, ich beobachtete Brigit, und Brigit starrte Gaston mit einer Intensität und Frechheit an, die es mir schwer machte, nicht aufzuspringen und ihr ins Gesicht zu schlagen. Aber ich beherrschte mich, mußte mich beherrschen, denn Gaston ahnte ja nicht, in welcher Situation er geraten war und was vorausgegangen war, ehe wir nach Juan les Pins fuhren.

In die Stille hinein wirkte die helle Stimme Brigits wie eine Explosion, als sie zu mir sagte:

»Also hast du mich doch belogen, Gisèle.«

»Was soll das heißen?« Ich fuhr auf. Ich dachte an St. Brieuc, aber es war unmöglich, daß Brigit wußte, von wem das Telegramm gekommen war. »Ich habe dich nie belogen!«

»Doch!« Sie nickte eifrig, und die blonden Locken fielen ihr dabei über die großen Augen. »Du hast gesagt, Herr Dr. Rablais ist in deinen Augen ein eingebildeter Fatzke . . .«

»Brigit!« schrie ich dazwischen und wollte zu ihr stürzen.

». . . und ein Ekel!« rief sie noch schnell, ehe ich sie erreichte und ergreifen konnte. Aber Gaston hielt meinen Arm fest, mit dem ich Brigit schlagen wollte und schob mich lachend zurück.

»Hat sie das gesagt, Fräulein Parnasse?« sagte er fröhlich. »Fatzke und Ekel?«

»Ja!«

»Es ist eine Gemeinheit! Ich habe in einem ganz anderen Zusammenhang . . .«

Gaston unterbrach mich mit lautem Lachen. »Dieses Ekel hast du nun auf dem Hals«, sagte er zu mir. Dann wandte er sich wieder Brigit zu. »Was hat sie noch über mich gesagt? Es ist interessant, zu hören, was man so alles sein kann.«

»Sie hat verhindert, daß ich Sie kennenlernte. Damals, als Sie Gisèle zum erstenmal nach Hause brachten, sah ich Sie, und ich fragte Gisèle, wer Sie seien. Ich wollte Sie gerne kennenlernen, aber sie hintertrieb es immer. Dabei sagte sie, Sie seien eingebildet, arrogant, na, und solche Dinge mehr. Dadurch habe ich Sie nie kennengelernt.«

»Wie schade, Fräulein Brigit.« Er legte den Arm auf ihre Schulter und diese Geste durchfuhr mich wie ein glühendes Geschoß. »Trösten Sie sich damit, daß Sie jetzt Ihren Schwager viel zu oft sehen werden.«

»Sie wollen Gisèle heiraten?« Sie sah ihn mit großen traurigen Augen an. »Aber Sie passen doch gar nicht zueinander.«

Wieder verhinderte Gaston, daß ich zuschlug. Er drängte mich an die Kaminwand und sah Brigit belustigt und gar nicht erstaunt an.

»Wie kommen Sie darauf?« fragte er sogar.

»Gisèle ist herrschsüchtig!«

»Das habe ich schon bemerkt.«

»Gaston!« rief ich warnend. »Brigit ist in einem Zustand, wo sie Scherze als Ernst aufnimmt.« Ich versuchte auch zu scherzen. »Ihr jugendliches, unerfülltes Temperament versetzt sie manchmal in eine sexuelle Schizophrenie.«

»Interessant, interessant«, meinte Gaston.

Brigit sah mich aus ihren hellen, blauen Augen wild und unbeherrscht an. »Ich weiß jetzt auch, warum du das alles gesagt hast: Weil du Dr. Rablais für dich fangen wolltest! Die große Schwester hat das Vorrecht! Die Ärztin und die Dr. med.! Aber täusche dich nicht. Die Bevormundung hört jetzt auf! Ich bin selbständig genug, mich allein hochzuarbeiten! Ich habe in St. Brieuc den Auftrag für sieben Bilder und eine große Wandfreske bekommen! Das sind gute 100000 Francs!«

»Was hast du . . .« stotterte ich. Ich hielt mich an der Wand fest und ich fühlte, wie meine Knie weich wurden. »Du hast in St. Brieuc . . .«

»Erst tat man so, als wisse man von nichts . . . anscheinend, um den Preis zu drücken. Aber als ich das Telegramm vorzeigte, wurde man ganz anders, man sah meine Mappen durch und gab mir die Aufträge. Und 10 000 Francs als Vorschuß!«

»Das ist ja unglaublich!« Ich wischte mir mit der Hand über die Augen. Es war, als hörte ich ein Märchen. Das Telegramm war doch von mir. Ich hatte Brigit weggelockt, in die Fremde geschickt, kaltgestellt, und statt dessen kam sie zurück mit 100 000 Francs und hatte ihr Glück gemacht – durch mich, durch meine Gemeinheit, durch meine Niederträchtigkeit. Gab es wirklich einen Gott der ausgleichenden Gerechtigkeit?

»Und was willst du jetzt tun?« stieß ich mühsam hervor. Meine Kehle war zugeschnürt. Das alles war zuviel für mich. Ich hatte nicht mehr die Kraft, nach den Schrecken in Juan les Pins auch noch dieses zu ertragen.

»Ich werde jetzt mein eigenes Leben leben, und es wird keine große Schwester mehr geben, die mir einen Mann als Ekel schildert, mit dem sie dann aber selbst an die Riviera fährt – statt zu einem Medizinerkongreß nach Lyon.«

Gastons Gesicht wurde ernst. Er sah mich an, und in seine Augen trat Erstaunen.

»Du wolltest nach Lyon?«

»Ich habe es nur so gesagt, um Brigit irre zu führen!«

»In Lyon hatte John Parkett auch eine Villa«, sagte Gaston leise. »Wußtest du das damals schon?«

»Bitte, werde nicht albern«, rief ich aufgebracht. »Ich habe Parkett erst in Juan kennengelernt.«

»Wer ist Parkett?« fragte Brigit.

»Ein Bohnerwachs!« schrie ich unbeherrscht.

»Ein Mann«, sagte Gaston.

Brigit lachte. »Wenn es ein Mann ist, dann kennt ihn auch Gisèle«, sagte sie gehässig.

In diesem Augenblick der Unwachtsamkeit Gastons schlug ich zu. Es klatschte laut, als ich Brigits Gesicht traf. Sie taumelte zurück und hielt sich an der Sessellehne fest.

»Jetzt ist mir wohler!« sagte ich eisig. Mir war in diesem Augenblick alles gleichgültig, meine Entgleisung, die Wirkung auf Gaston, mein bestimmt nicht schönes Aussehen, meine vor Wut rauhe Stimme. »Das hast mir und dir die ganze Zeit gefehlt! Und das eine sage ich dir: Von heute ab kreuzt du gemeines Luder nicht mehr meinen Weg! Nie mehr! Ich werfe dich vor die Tür, wenn du uns besuchen kommst!«

Brigit nickte Gaston zu. Sie lächelte mühsam und hielt sich mit einer kindlichen Geste noch immer die Wange fest, die mein Schlag getroffen hatte. »Sage ich nicht – sie ist herrschsüchtig?« sagte sie leise.

Gaston antwortete nichts, aber er trat auf sie zu, nahm sie am Arm und führte sie aus dem dunklen Zimmer hinaus. Mich ließ er allein am Kamin stehen . . . Gaston ließ mich allein! Er ließ mich stehen . . . für Brigit . . . für dieses blonde Aas . . . für diese Unschuld mit dem verdorbenen Herzen . . . Er ließ mich in der Dunkelheit zurück.

Von diesem Augenblick an wußte ich, daß ich das große Spiel verloren hatte. Das Vabanque war vertan. Die Kugel des Lebensroulette hatte anders ausgerollt, als ich gesetzt hatte.

Ich hatte verloren. Es war vorbei. Keine Illusionen mehr, Gisèle, keine Hoffnungen, keine Träume mehr, keine Phantastereien.

Ich hörte nicht mehr die Tür, die Gaston schloß, als er Brigit hinausführte – ich war zu Boden gefallen und lag neben dem flammenden Kamin auf dem Teppich.

Noch heute bedaure ich es, daß mich die Ohnmacht nicht in die Flammen fallen ließ. Es wäre alles leichter gewesen.

Am nächsten Morgen war alles so, als sei in der voraufgegangenen Nacht nichts geschehen.

Wir saßen alle im Speisezimmer um den großen runden Tisch, tranken Kaffee, aßen die frischen Brötchen mit eigenem Honig, Marmelade, einem Ei und leicht gesalzener Landbutter. Vater erzählte von seinen Patienten und bat Gaston, ihn doch gleich in die Sprechstunde zu begleiten. Es sei etwas anderes, Landarzt zu sein als ein Kliniker in Paris. Hier seien die Fälle zwar nicht sensationell, aber durch die Mentalität der Bauern gewinne ein und derselbe Fall in drei Familien dreimal ein anderes Gesicht.

»Wir heilen zu 60% psychologisch«, sagte Vater. »30% entfallen auf die Medikamente, 5% müssen operiert werden, 4% sind unheilbar und 1% ist schon tot, wenn man bei ihnen ankommt. Bei Ihnen wird es wohl gerade umgekehrt sein!«

Die medizinischen Statistiken, die Gaston nun aus seinem blendenden Gedächtnis zum besten gab, interessierten mich nicht. Ich sah zu Brigit hinüber, die blond, frisch, jung und überstrahlt von einer inneren Freude am Tisch saß. Ihr gegenüber wirkte ich fahl, verbraucht, unausgeschlafen, gealtert, und auch das Make-up überdeckte nicht das Grau meiner Haut und die Müdigkeit meiner Lider.

Ich hatte kaum geschlafen. In dieser Nacht hatte ich den Plan gefaßt, Brigit zu töten. Irgendwo und irgendwie zu töten. Wie ich das anfangen wollte, wußte ich noch nicht. Aber ich wußte, daß es mir eine Wonne sein würde, sie leblos vor mir liegen zu sehen, diese schöne Gestalt, dieses blonde Elfchen, dieses bezaubernde Geschöpf, das in mein Leben eindrang und mir das Glück fortnahm, an das ich mich klammerte. Mit der gleichen Sorglosigkeit, mit der sie in meinem Inneren die Gefühle zerstörte, würde ich sie töten und dann die Konsequenzen tragen. Ja, ich fühlte in dieser Nacht in mir den Haß und den Vergeltungsdrang antiker Sagengestalten wie Elektra oder Klytämnestra aufsteigen, und ich schauderte nicht mehr zusammen bei dem Bild, das ich mir ausmalte, Brigit unter meinen Händen, von meinen Händen, sterben zu sehen.

Jetzt saß sie mir gegenüber, rein und zart. Sie aß ihr Brötchen mit Honig, aber auch sie hörte nicht darauf, was Vater und Gaston miteinander sprachen. Mutter war dauernd unterwegs. Sie holte neuen Kaffee, füllte Zucker und Milch nach, das Salz war vergessen worden für die Eier ... sie rannte in die Küche, ehe ich aufspringen konnte. So waren wir praktisch allein mit uns. Vater mit Gaston, ich mit Brigit.

Ich werde sie nicht hier in Caissargues, sondern in Paris ermorden, dachte ich, während ich aß. In Paris geht es schneller, und die Spuren verwischen sich leichter. In Paris wird niemand an die Schwester als Mörderin denken, zumal, da ich selbst dabei sein werde, wenn man sie seziert, um die Todesursache festzustellen! Ja, auch das werde ich können; ich werde mein Opfer selbst untersuchen – die eigene, getötete Schwester. Oh, was wißt ihr alle, wie groß, wie abgrundtief, wie schrecklich und erbarmungslos wie sonst nichts auf dieser Welt der Haß einer Frau sein kann!

Ich werde sie vergiften, dachte ich, als ich sie Kaffee trinken sah. Das ist ein typisch weibliches Mordwerkzeug: Gift! Und es gibt heute Toxine, die man im Körper kaum nachweisen kann, oder solche, die eine natürliche Todesart vorspiegeln: Herzschwäche, Gehirnschlag, Pilzvergiftung ...

Das war es: Pilzvergiftung! Ich werde Brigit etwas von dem Toxin des Knollenblätterpilzes in ein Getränk tun. Innerhalb siebzig Stunden wird das Gift so vom Körper aufgenommen sein, daß bei dem schlagartigen Auftreten der Vergiftung keine Rettung mehr möglich ist! Ein natürlicher Tod! Wer wollte mir nachweisen, daß ich eine

Mörderin bin? Im September ist die Pilzzeit. Brigit war unvorsichtig gewesen, sie kennt von Pilzen wenig, sie hat einige mitgenommen aus dem Bois, sie hat sie gekocht und gegessen. Als ich kam, ich, die Ärztin, und ihren Zustand erkannte, war es schon zu spät.

So mußte es laufen. So und nicht anders.

Welch ein glatter Mord! Welch ein perfektes Verbrechen. Welch geniale Einfachheit des Tötens!

Nach dem Morgenkaffee begleitete ich Gaston und Vater in die Praxis. Brigit half der Mutter und wollte dann die Rosen im Garten festbinden. Binde nur, mein Röschen, dachte ich. Man wird sie dir nicht auf den Hochzeitsweg streuen und nicht in die Locken flechten. Als Kranz auf deinem Grab werden sie liegen und im Septemberwind und Herbstregen eines Pariser Friedhofes verwelken! Gaston aber wird bei mir bleiben – oder auch er wird Pilze essen . . . essen müssen . . . wie Brigit . . .

Es war, als falle ich in einen regelrechten Blutrausch, und ich empfand eine Wonne dabei, zu denken, daß auch Gaston das Opfer eines perfekten Mordes sein würde, wenn er mich von sich stieß und so selbst seinen Tod bestimmte.

Das Wartezimmer war schon gefüllt mit leidenden Patienten, als Vater in das Ordinationszimmer trat und ihm Schwester Luise, eine deutsche Arzthelferin, den weißen Kittel reichte. Vater stellte Gaston kurz vor, und dann begann eine der bäuerlichen Arztpraktiken, die medizinisch gesehen rührend anspruchslos und gleichbleibend ist, aber in vielen Fällen besser geholfen hat als eine großstädtische Modepraxis mit einem Arsenal blitzender Apparate und drei zusätzlichen Assistenten.

Gaston sah Vaters Praktizieren interessiert zu. Ein paarmal untersuchte er nach und stellte die gleiche Diagnose. Nur einmal, bei dem Bauern Julien Barrat, war er anderer Meinung als Vater.

Barrat wurde in einen Nebenraum geschickt und Vater setzte sich hinter seinen breiten Schreibtisch, auf dem dick die Patientenkartei thronte.

»Sie meinen, es sei keine Gastritis?« fragte er Gaston.

Gaston nickte. »Soweit ich ohne Magenaushebung und Röntgen sehen kann, wird es ein Ulcuskarzinom sein.«

»Das wäre furchtbar. Barrat ist Vater von 6 Kindern. Alles kleine Kinder. Ist es nicht doch eine Gastritis?«

»Nein.« Gaston schüttelte den Kopf. »Wie gesagt – ich müßte erst röntgen und eine Magenaushebung machen. Aber nach meinen bisherigen Erfahrungen glaube ich bestimmt an ein Karzinom! Wenn es operabel ist, kann man den Mann sofort in Avignon operieren.«

»Und seine Chancen?« Ich sah, wie schwer es Vater fiel zu sprechen.

»Nach der Operation mit einer bestimmt notwendigen Magenverkürzung etwa vier Jahre. Falls sich keine Metastasen gebildet haben. Dann geht es schneller.«

»Also keine Rettung?«

»Eine Verlängerung, Herr Parnasse. Zu mehr reicht es noch nicht bei uns Medizinern. Sie wissen es ja selbst. Krebs – das ist ein Alpdruck für uns alle.«

»Und was soll ich Barrat sagen?« fragte Vater und rang die Hände. »Ich kenne die Barrats – so fleißige, ehrliche Leute.«

»Sagen Sie ihm, daß er nach Avignon fahren soll, um seinen Magen durchleuchten zu lassen. Sie könnten das hier nicht. Unterdessen rufe ich in Avignon bei dem Chefarzt der Klinik an und erkläre ihm meine erste Diagnose. Alles andere nimmt dann seinen Lauf.«

»Alles andere ... der Schmerz, das Operieren, die Hoffnung, der neue, größere Schmerz, der Zusammenbruch, die Qual, das Koma und der Tod! Ja, es nimmt seinen Lauf. Wir brauchen uns darum nicht mehr zu kümmern.« Vaters Stimme war bitter. Er faßte Gaston am Ärmel seines Rockes und zog ihn zu sich heran. »Sie sind noch jung. Sie haben eine Zukunft, Dr. Rablais. Sie sind an einem Institut, das alle Möglichkeiten hat. Sie können noch Tatkraft, Mut, Können, Wissen und Ausdauer einsetzen: Nehmen Sie den Kampf gegen den Krebs auf, kapitulieren Sie nicht, werden Sie nicht gleichgültig, ein routinierter Schneider. Kämpfen Sie! Fordern Sie den Feind zum Kampf! Suchen Sie eine Blöße zu entdecken! Jede Stunde, die dem Kranken mehr geschenkt wird, ist eine Tat für die Menschheit! Ich bin ein alter, müder Mann, ich kann nichts tun, als zusehen, vom Lehnstuhl aus, und hoffen auf die Jugend. Das aber sind Sie und alle jungen Ärzte in der Welt.«

Ich verließ das Zimmer. Gaston, dachte ich. Wenn du mich verlassen willst, wirst du nie dazu kommen, eine Zukunft zu haben. Im Garten traf ich auf Brigit, die tatsächlich die Rosen festband. Sie sah in ihrem Sommerkleid süß aus, so süß, daß ich wieder fühlte, wie sich mir die Kehle zuschnürte.

»Kommst du mit nach Paris?« fragte ich sie.

Sie sah kurz auf. »Aber nur, um den Haushalt mit dir aufzulösen. Außerdem muß ich meine Malsachen holen! Wann fahrt ihr?«

»Morgen.«

»Gut. Und Gaston?«

»Für dich noch immer Dr. Rablais.«

»Also gut – Herr Dr. Gaston Rablais.«

»Er fährt natürlich mit. Und er bleibt in Paris. Schließlich ist er dort angestellt.«

»Und schließlich gehört er dir, nicht wahr?« Brigit lachte hämisch. »Bist du so sicher, daß er dir gehört?«

Ich fühlte einen Stich im Herzen, aber ich antwortete

nicht darauf. Ich ließ Brigit stehen und wanderte in unseren Weinberg hinein. Dort setzte ich mich auf die niedrige, steinerne Stützmauer, die eine der Weinterrassen abstützt, und blickte hinab auf unser langgestrecktes Haus und auf die träge Durance, die durch die Sonne floß wie geschmolzenes Gold, in dem sich der blaue Himmel und die weißen Federwolken spiegeln.

Ich saß so eine Weile, als sich Gaston neben mir niederließ. Er hatte mich gesucht und war so in den Weinberg geraten. Er sagte nichts, als er mich so in die Ferne starren sah. Er setzte sich und knöpfte den oberen Knopf seines Hemdkragens auf.

»Du hast dich gestern abend schlecht benommen, Gisèle«, sagte er leise. »Brigit ist ein netter Kerl.«

»So?« Mein Atem stockte.

»Sie ist zu jung, um zu begreifen, was sie alles so impulsiv dahersagt. Sie hat sich – wie sagt man bei so jungen Mädchen – sie hat sich in mich verknallt!«

»Dann wäre es jetzt deine Aufgabe, aus diesem Knall einen schönen Brand zu machen. Aus dem netten Kerl . . .«

»Was du da redest, ist Dummheit, Gisèle.«

»Ich sehe doch, daß sie dir gefällt! Ihre blonden Locken, ihre Jugend, ihre zarte Haut, ihre kleine, runde Brust, so fest wie ein Bordeauxapfel, ihr schlanker Körper, die langen Beine von den schmalen Hüften ausgehend. Sag bloß, du hättest das noch nicht gesehen.«

»Du weißt genau, wen ich liebe.«

»Noch! Noch, Gaston! Du redest es dir ein. Aus einem Gefühl der Moralität heraus! Als Ehrenmann, der zu seinem Wort steht. Hast du mit Vater über uns gesprochen?«

»Noch nicht«, sagte er verlegen.

»Siehst du! Ein kleiner Beweis. Du wolltest es tun, sofort beim Eintreffen! Du wolltest die Festung im Sturm nehmen, wie du sagtest. Aber dann hast du gezögert. Nicht mit Bewußtsein, sondern unbewußt, rein instinktiv, reflexartig, wenn man so sagen kann; nämlich, als du Brigit gesehen hast und im Inneren zugeben mußtest: Dieses Mädchen ist fast zehn Jahre jünger als Gisèle. Sie bedeuten für mich auch zehn Jahre mehr Wonne und Glück und zehn Jahre verlängerte Jugend.«

Gaston erhob sich brüsk und klopfte den Staub von seinen Hosenbeinen. »Wenn du so weiterredest, wenn du solchen Unsinn weiterspinnst, breche ich die Unterhaltung ab.«

»Weil sie dir unangenehm ist.«

»Weil sie dumm ist.«

»Die Wahrheit ist nie dumm!«

»Bis nachher.« Er drehte sich um und ließ mich auf der Mauer sitzen. Mit großen Schritten ging er den Weg hinab zum Haus. In mir war alles Auflösung, alles Vulkan, brennende Welt und Explosion.

»Geh nur!« schrie ich ihm nach. Meine Stimme überschlug sich. »Geh nur zu deinem blonden Glück! Geh zu Brigit! Zeige ihr, wie stark du bist, wie vollendet du eine Frau bezwingen kannst, wie herrlich brutal deine Liebe ist! Aber zerbrich sie nicht. Sie ist zart. Nimm sie in deine Arme wie eine Porzellanpuppe!« Ich schlug die Hände vor die Augen und sank in mich zusammen. Schluchzen schüttelte mich, wilder Schmerz durchtobte mein Inneres; es war, als flamme ich auf und verbrenne bei voller Besinnung.

Es gab keine andere Möglichkeit mehr, es gab kein Zurück, kein Bedenken, keine Reue: Ich mußte Brigit töten!

Morgen, in Paris!

Morgen . . .

Töten . . . töten . . . töten . . . dieses Wort brachte mir die Besinnung zurück. Es wurde wie eine Melodie, die mich nicht mehr verließ, die mich überall hinbegleitete, die mit dem Schlag meines Herzens durch meine Adern rann.

Töten ... töten ... Brigit töten ...

Ich glaubte, daß ich wahnsinnig würde ...

Am nächsten Morgen fuhren wir von Caissargues zurück nach Paris, ohne daß Gaston mit Vater oder Mutter über uns gesprochen hatte! Ich sah es Vater an, daß er darüber erstaunt war, und so sehr er es auch vor mir verbergen wollte, ich konnte sehen, daß er sich Gedanken darüber machte, was wohl der Grund sein möge.

Die Stimmung war ein wenig bedrückt, als der kleine Zug sich in Bewegung setzte und wir aus dem Fenster zurückwinkten. Nur Brigit war fröhlich und lachte, sie schwenkte ihr seidenes Taschentuch und ließ es noch lange im Zugwind flattern. Sie war so verspielt, so glücklich, daß in mir wieder der Haß emporkroch und verrückte Gedanken mich umschwirrten. Ob sie sich schon geküßt haben? Hinter dem Haus, in den Weinbergen, im Rosengarten, vor ihrer Zimmertür? Vielleicht war sie schon seine Geliebte? Sie war so glücklich, so losgelöst. Ich kannte ja diesen Zustand, ich wußte, wie selig Gastons Liebe macht.

Winke du nur, dachte ich. Nimm Abschied von allem – von Vater und Mutter, von Caissargues, von den Weinbergen, den Blumen, der Durance, der Rhone, von der Sonne, dem Wind, den Bäumen, den Wolken – vom Leben! Du fährst jetzt in den Tod. Noch einmal wirst du in Paris schlafen, noch einmal Gaston heimlich küssen, wenn ich nicht wachsam bin, noch einmal von dem Glück an seiner Seite träumen; und dann wird in deinem Kaffee das Gift des Pilzes sein ... und zwei Tage später liegst du in der Anatomie, und Gaston und ich werden uns mit Erschütterung darum bemühen, herauszufinden, an was du gestorben bist! Und dann wird Gaston sterben. Auch an diesem Pilz ... oh, wie wird man mich bedauern. Die

Schwester und den Geliebten hat sie verloren, wird man sagen. Kurz hintereinander. Die arme Dr. Parnasse! Die arme Gisèle. Und ich werde Trauer tragen. Ein ganzes Jahr lang, wie eine Witwe. Eine perfekte Mörderin aus Haß und Liebe . . .

Avignon. Wir stiegen um. Gaston trug unsere Koffer. Wir sprachen miteinander, als sei nichts gewesen. Wir belogen uns vollendet. Wir waren blendende Komödianten. Fast machte es Vergnügen, den anderen dümmer zu halten als sich selbst.

Es war Nacht, als wir in Paris ankamen. Gaston besorgte uns ein Taxi. Er fuhr nicht mit zu uns, er wollte gleich in die Klinik. Mein Urlaub dauerte noch drei Tage und so verabredeten wir uns für den morgigen Nachmittag vor dem Palais Chaillot.

Als das Taxi abfuhr, kurbelte Brigit die Scheibe ihrer Tür herunter und winkte Gaston zu. Ich sah im Rückfenster, wie er die Hand hob und zurückwinkte. Dann drehte sie die Scheibe wieder hoch und ließ sich nach hinten in die Polster fallen.

»Ein wunderbarer Mann«, sagte sie leise.

Es kostete mich Mühe, sie nicht schon im Wagen zu töten, zu erwürgen – dieses junge Aas!

Zu Hause, in der kleinen Wohnung, die muffig, ungelüftet roch und mit Staub überzogen war, gingen wir sofort ins Bett, jeder bemüht, mit dem anderen so wenig wie möglich zu sprechen. Als wir das Licht löschten, lag ich noch lange wach und nahm etwas Brom, weil ich schlafen wollte, um die nötige Kraft zu haben für die grausige Tat des nächsten Tages.

Brigits Gewissen war rein . . . sie schlief, kaum, daß sie lag. Ihre hellen, schnellen Atemzüge standen in dem dunklen Zimmer. Wie die Atemzüge eines Kindes, dachte ich.

Das alles würde nun bald vorbei sein: ein Glück in der Ehe mit Gaston. Ein Kind, das uns ganz allein gehörte. Eine eigene Insel im rauhen Leben, auf die wir uns immer zurückziehen konnten und auf der wir zwei Menschen waren, so einfach und vollkommen nur zwei Menschen wie zu Beginn der Schöpfung. Und das alles war zerstört durch Mißtrauen, Eifersucht, Tändeleien eines jungen Dinges ... eigentlich durch Dinge, die Lappalien waren, die man abstellen konnte, die nicht übersteigbar waren wie ein in Nebelwänden verschwindendes Gebirge. Dinge, die sich lösen ließen, die vielleicht Irrtümer waren.

Ich drehte mich auf die andere Seite und zwang mich, nicht mehr daran zu denken. Ich wollte überhaupt nicht mehr denken! Ich wollte keine Vernunft mehr! Ich wollte nur noch Kraft für den Tod. Mut für den Mord.

Und so schlief ich ein.

Wenn es heißt, man soll seine Handlungen erst überschlafen, denn am Morgen sähe alles anders aus, dann traf das bei mir nicht zu. Im Gegenteil – der Morgen, der mich vielleicht versöhnlicher gestimmt hätte, wurde eine neue Ernüchterung.

Als ich die Augen öffnete, sah ich Brigit völlig nackt vor dem Spiegel stehen und sich betrachten. Sie drehte sich, hob die Arme über den Kopf, daß ihre Brust sich noch mehr straffte, hob sich auf die Zehen und dehnte ihre schönen Schenkel. Dann strich sie mit den Händen ihren Leib hinab und liebkoste ihn mit einem unwirklich glücklichen Lächeln.

Sie denkt an Gaston, durchfuhr es mich. Sie träumt von dem Augenblick, in dem er sie so sehen wird, wo es *seine* Hand ist, die sie streichelt, wo es seine Lippen sind, die ihre Brüste liebkosen und sich heiß über ihren Körper tasten.

Ich sprang aus dem Bett und warf Brigit mit einem

Schwung meinen Morgenmantel um die Schulter. »Steh nicht so herum und bewundere dich wie eine lesbische Schwester!« schrie ich unbeherrscht. »Ich denke, du wolltest deine Sachen packen?«

»Nachher.« Sie warf den Mantel zu Boden und ging nackt in die Küche. Ich hörte, wie sie den kleinen Elektroherd anstellte und das Kaffeewasser aufsetzte. Nackt kam sie zurück und lief so – vielleicht nur, um mich zu ärgern – die ganze Zeit in der Wohnung herum, bis wir am Kaffeetisch saßen und sie sich endlich in ihren Bademantel hüllte.

»Was gedenkst du eigentlich jetzt zu tun?« fragte ich sie und schaute sie an, während ich die Tasse leertrank. »Willst du nach Caissargues ziehen?«

»Sicherlich nicht! Vielleicht bleibe ich in Paris. Aber von dir will ich weg! Ich habe es satt, mich bevormunden zu lassen. Ich bin kein Kind mehr, das mein einsperrt. Wie Dr. Gisèle Parnasse habe auch ich ein Recht, einen Geliebten zu haben!«

»Du solltest dich schämen, Brigit! Wenn ich das Vater sage!«

»Ich bin eine Künstlerin – ich habe besondere Freiheiten. Aber das versteht ihr ja doch nicht! Am allerwenigsten du, du . . . du . . .« Sie suchte nach Worten und sagte dann laut: »Du Schlange! Du hast mir Gaston weggenommen!«

Ich mußte lachen, aber es war ein häßliches Lachen, das nach Drohung klang. »Weggenommen? Er hat dir nie gehört! Du hast ihn nur ein paarmal von weitem gesehen!«

»Aber ich liebte ihn sofort!«

»Platonisch! Ein Jungmädchenschwarm! Mehr ist es nicht, Brigit! Was sollte Gaston mit einem so dummen Ding wie dir anfangen?«

Das hätte ich nicht sagen dürfen! Nie! Denn Brigit hatte

eine Charaktereigenschaft, die allen Parnasses anhaftet: Wenn man ihnen sagte, dies oder jenes könnten sie nicht, dann setzten sie Himmel und Hölle in Bewegung, es doch zu können! Sie lieferten den Beweis!

Brigit sah mich an, mit jenem Blick, den ich an mir selbst kenne, wenn ich in ähnlichen Situationen stand. Es war ein Blick, der leicht verschleiert nach innen schaut und nach der Energie sucht, das Gegenteil dessen zu tun, was man eben gehört hatte.

»Gaston wird dich nie heiraten!« sagte sie leise.

»Er wird es!« sagte ich sicher.

»Nein!« Und dann sagte Brigit etwas, was mich fast zu Boden warf. »Er hat es mir selbst gesagt – und er hat mich auch geküßt – im Garten, in Caissargues –«

Also doch! Also doch! Sie hatte es erreicht! Gaston hatte sie geküßt, während ich im Weinberg saß und weinte. Er hatte ihr sogar gesagt, daß er mich nicht heiraten würde. Jetzt gewann sein Schweigen vor Vater auch Bedeutung und den Sinn, den ich bisher vergeblich gesucht hatte. Darum hatte er nicht um meine Hand angehalten, wie er es erst vorhatte! Brigit hatte ihn für sich gefangen, und alle meine Bemühungen, Brigit von Gaston fernzuhalten, waren gescheitert. Der Plan, sie nach St. Brieuc zu schicken, war genau in das Gegenteil umgeschlagen. Sie war reicher wiedergekommen, sie hatte Selbstvertrauen bekommen, sie war nicht mehr arm, sondern hatte Aufträge. Und sie war mit Gaston zusammengekommen, unter meinen Augen, und hatte ihn besiegt!

Ob es stimmte, was sie mir gesagt hatte, prüfte ich damals nicht nach. Ich wollte es nicht nachprüfen. Mir genügte es, daß sie es sagte, und es war für mich jetzt eine fast heilige Aufgabe, Brigit zu töten! Es war nicht mehr die Rache der betrogenen Frau und Geliebten, sondern der Mord an Brigit war eine Art Notwendigkeit geworden, so notwendig und selbstverständlich, wie man eine Treppe putzt oder das Gemüse wäscht, ehe man es kocht.

Heute nachmittag noch würde ich mir aus der Klinik das Toxin holen; aus dem Giftschrank der Laborabteilung III, die sich mit Toxinen beschäftigte und an Tieren die Versuche durchführte. Ich würde das Toxin des Knollenblätterpilzes nehmen. Es waren kleine, weißgelbe Kristalle, die sich im Wasser auflösten und ein wenig muffig schmeckten, wie abgestandenes Wasser. Im Kaffee aber, wenn er stark genug war und außerdem noch mit Milch und Zucker gesüßt, würde es Brigit nicht merken.

Während sie den Kaffeetisch abräumte und ich mich für die Klinik fertigmachte, durchfuhr mich ein anderer Gedanke. Nicht nur Brigit hatte mich verletzt – auch Gaston hatte mich verraten, wenn er Brigit küßte und zu ihr sagte, daß er mich nie heiraten würde.

An ihm Rache zu nehmen durch das Gift, war erst in zweiter Hinsicht eine Befriedigung. Nein – bevor auch er starb, sollte er erst durch die Hölle der eigenen Gefühle gehen, sollte er den Schmerz erleiden, den jetzt ich empfand, und wenn er dann aufbegehrte gegen diese Qual, würde ich ihn erlösen durch das schnelle, wie ein natürlicher Tod wirkende Gift.

Mir fiel der Rennfahrer ein, der in unserer Klinik lag. Der Todesfahrer, den Gaston operiert hatte. Wie hieß er denn noch? Jeróme Senlis . . . ja, Senlis. Und er hatte eine Braut, die Babette Abonice hieß, ein etwas dralles, bäuerliches Geschöpf, das täglich in die Klinik kam und Senlis pflegte.

Ich erinnerte mich des Augenblicks, als Senlis nackt auf dem Operationstisch lag und ich seinen muskulösen Körper bewunderte, die breite Brust, die schmalen Hüften, die starken Oberarme. Schon damals hatte ich einen Augenblick gedacht, daß es für eine Frau berauschend sein mußte, diesen Körper zu umfangen und zu fühlen, wie dieser schöne Mann einem ganz und gar gehört. Jetzt setzte sich in mir der Gedanke fest, Gaston in der Klinik mit Jeróme Senlis zu betrügen!

Das würde ihn treffen, das würde ihn maßlos beleidigen, das würde ihn rasend machen vor Eifersucht, vor Enttäuschung, vor gekränktem Stolz, das würde für ihn ein Fegefeuer sein, das er nicht wieder verließ, denn hinter dem Schmerz der Seele stand der Tod des Leibes. Mochte er dann mit Brigit »im Tode vereint« sein. Mich störte es nicht mehr.

Ich hatte meine Rache!

Als ich in der Klinik erschien, war Bocchanini mit Gaston und drei anderen Ärzten bereits dabei, zu operieren. Ein anderer Arzt narkotisierte, denn ich hatte ja noch drei Tage Urlaub und brauchte nicht hier in diesen weißen, immer nach Desinfektion riechenden Räumen zu sein.

Ich bummelte durch die Klinikflügel hinüber zu den Labors und betrat das Labor III für toxische Versuche. Sieben medizinisch-technische Assistentinnen unter Leitung von Prof. Dr. Bartels, einem Elsässer, impften hier die Versuchstiere – Kaninchen, Ratten, Meerschweinchen und Hunde – mit den Giften, deren Wirksamkeit und Gengifte man hier erforschte.

»Aha! Besucht uns auch einmal die Chirurgische?« fragte Prof. Bartels und drückte mir die Hand. »Was führt Sie zu mir, Dr. Parnasse? Haben Sie einen interessanten Giftfall für uns?«

Noch nicht, dachte ich. Noch nicht, aber morgen vielleicht, oder übermorgen . . .

»Ich möchte mich bei Ihnen über die Wirksamkeit des Curare informieren«, sagte ich.

»Wen wollen Sie denn umbringen?« Bartels lachte. »Indianisches Pfeilgift läßt sich nachweisen!«

»Ich brauche es zur Narkoseunterstützung. Vor allem zur Muskelentspannung.«

Prof. Bartels ging mit mir durch den langen Gang, der das Labor in zwei Teile teilte. Rechts und links von uns standen die breiten Experimentiertische mit den Glasschlangen und Retorten, Erlenmeyerkolben und Bunsenbrennern. Es kochte und zischte in den Geräten. Auf einem breiten Marmortisch, abgeteilt durch eine Glaswand von dem anderen Laborbetrieb, wurden die an den Giften gestorbenen Tiere seziert und die gewonnenen Präparate zu Labor II, der Mikroskopierabteilung, geschickt, wo sie über die Wirksamkeit der Gifte genau untersucht wurden.

Auf dem Wege zu dem Zimmer Prof. Bartels' kamen wir auch an den Pilztoxinen vorbei. Es war ein Schrank, der in einer Ecke stand, wie alle Giftschränke sonst verschlossen. Ein Chemiker stand gerade an ihm, den Schlüssel in der Hand, und suchte eine kleine Ampulle heraus.

Während wir durch das Labor III gingen, hatte ich meine Augen überall. Ich beobachtete genau, wo die Gifte standen, ich merkte mir, wer die einzelnen Schlüssel hatte, denn selbst Prof. Bartels mußte diesen oder jenen jungen Arzt oder Chemiker rufen, um sich ein Präparat geben zu lassen. Auch Prof. Bartels besaß nicht alle Schlüssel zu den Giftschränken.

Diese Sicherung erschwerte sehr mein Vorhaben. Es war unmöglich, den Schlüssel von einem der Männer zu erhalten, und wenn ich mir das Pilztoxin herausgeben ließ, mußte ich einen Aushändigungsschein unterschreiben und nachweisen, wofür ich das Gift verwendet hatte. Dann aber war mein Anschlag auf Brigit und Gaston sofort geklärt, und der perfekte Mord war eine der größten Stümperarbeiten! Nein – wenn es so keine Möglichkeit gab, blieb mir nur der Weg, während des Nachtdienstes hier einzubrechen und aus dem Schrank das Gift zu stehlen. Das war gefahrvoll, aber ohne ein Risiko war nie ein Mord zu begehen. Hatte ich erst das Gift in den Händen, dann würde alles so glatt sich vollziehen, so sicher und in der Stille, daß es kein Risiko mehr war, neben den Sterbenden zu sitzen und die Trauernde zu spielen.

Was mir Prof. Bartels über das Curare erzählte, hörte ich nur halb. Ich kannte mich aus mit diesem Gift, denn ich hatte es bei Narkosen schon öfter benutzt. Ich nickte ab und zu und nahm dann – gegen Quittung natürlich – das für Narkose präparierte Pfeilgift aus Südamerika an mich.

Als ich wieder draußen im Garten stand, schloß ich einen Moment die Augen. Der rechte Schrank am Ende des Ganges, dachte ich. Dort ist das Gift. Auf dem Schrank steht in schwarzer Schrift III/45/1c. Das Schloß ist unkompliziert, die Tür ist einfaches Holz. Man konnte den Schrank mit einem dünnen Brecheisen oder einem flachen, starken Schraubenzieher leicht aufbrechen. Um Fingerabdrücke zu vermeiden, würde ich Handschuhe tragen, außerdem einen schwarzen Mantel, der gegen den Nachthimmel weniger auffiel als der weiße Arztkittel.

Durch die riesigen Milchglasscheiben des Operationssaales fiel helles Lampenlicht in den Garten. Dort operierte jetzt Bocchanini mit Gaston!

Mit schnellen Schritten ging ich dem Gebäude der chirurgischen Abteilung zu und sah dabei auf die Uhr.

Viertel nach drei.

Vor der Tür des Zimmers, in dem Jeróme Senlis, der Rennfahrer, lag, blieb ich stehen. Eine Schwester kam den Gang entlang.

»Ist jemand bei dem Patienten?« fragte ich geschäftlich.

»Nein. Mademoiselle Abonice kommt erst gegen

Abend.«

»Danke.«

Ich drückte die Türklinke nieder und betrat das Zimmer Senlis'. Er saß halb im Bett und es ging ihm gut. Die Operation hatte er blendend überstanden. Er winkte mir zu und lachte über sein schönes, männliches, fast kühnes Gesicht.

»Fräulein Doktor!« rief er. »Ich habe Sie lange nicht mehr gesehen!«

»Haben Sie mich vermißt?« antwortete ich keck und lachte ihn an.

»Aber ja.«

»Ich war in Urlaub.«

»Beneidenswert. Aber dafür sehen Sie nicht gerade gut aus. Sie sind blaß. War keine Sonne?«

Ich sah zu Boden. »Doch«, sagte ich leise. »Es sind familiäre Sorgen.« Ich blickte auf und zwang mich zu einem Lächeln. »Aber ich bin auch froh, wieder hier zu sein. Ich habe in den Tagen viel an Sie denken müssen.«

»Wirklich, Fräulein Doktor?« Sein Gesicht glänzte.

»Ja, bestimmt. Sie sind sozusagen mein Lieblingspatient. Sie waren die erste große Narkose, die ich machte.«

So plauderten wir weiter, während ich bei ihm am Bett saß und mir von ihm die Fotos seiner verwegenen Autokunststücke ansah. Draußen, auf dem Gang, hörte ich Stimmen und viele Schritte. Türen klappten, Stimmen von Schwestern, Ärzten – die Abendvisite.

Jetzt – oder es ist zu spät, dachte ich. Ich beugte mich zu Senlis hinüber und lauschte gleichzeitig zur Tür. Sie waren im Nebenzimmer ... ich hörte eine Stimme ... Gaston ... er machte allein die Visite. Bocchanini war also schon nach Hause gefahren. Eine Stunde, wie sie günstiger nicht sein konnte!

Die Tür des Nebenraumes klappte zu. Schritte ... ein

Griff an die Klinke . . .

In diesem Augenblick beugte ich mich tiefer über Senlis und küßte ihn auf den Mund. Meine Lippen berührten ihn gerade, als die Tür geöffnet wurde.

Ich fuhr zurück, sagte »Oh!« und sprang auf.

Gaston stand in der Tür. Sein Gesicht war wie versteinert – er überblickte sofort die Lage, sah meine Verlegenheit, übersah Senlis' verzeihendes Lächeln (es war ein verblüfftes Lächeln, aber das konnte Gaston ja nicht wissen), bemerkte, wie ich die Hände am Kleid rieb und er schloß brüsk wieder die Tür, ohne das Zimmer betreten zu haben. Ich hörte, wie sich sein Schritt schnell entfernte.

Senlis lag verblüfft in den Kissen und schüttelte den Kopf.

»Sie haben mich geküßt?« fragte er, als habe er noch gar nicht begriffen, was geschehen war. »Sie haben mich wirklich geküßt, Fräulein Doktor?«

»Ja.« Ich schluckte tapfer meinen Triumph und meine Erregung herunter und nickte. »Es war ein kleiner Dank.«

»Dank? Wofür?«

»Daß es Ihnen so gut geht, Monsieur Senlis. Da Sie meine erste große Narkose waren und trotzdem weiterleben . . .« ich lachte ein wenig dabei – ». . . haben Sie mir Mut gemacht, so weiterzumachen wie bisher.«

Ich drückte ihm die Hand und verließ schnell das Zimmer, ehe er etwas antworten konnte. Auf dem Flur traf ich Gaston, der am Ende des Ganges vor seinem Zimmer wartete. Ich ging an ihm vorbei, aber er hielt mich am Ärmel fest und zog mich zu sich heran.

»Habe ich eben richtig gesehen?« sagte er gepreßt. »Du hast Senlis geküßt?«

»Ja.«

»Richtig geküßt?«

»Du solltest wissen, daß – wenn ich küsse – ich es richtig tue!«

»Und du liebst diesen Senlis? Diesen ... diesen ... Schausteller?«

»Warum nicht? Er hat einen blendenden Körper. Er fiel mir schon auf, als er nackt auf dem OP-Tisch lag! So etwas kann eine Frau blind machen.«

Gaston sagte nichts darauf, aber er holte aus, weit flog sein Arm zurück, und dann schlug er mich ins Gesicht, daß ich gegen die Wand taumelte und instinktiv beide Hände schützend vor das Gesicht hielt.

Eine Tür klappte. Als ich die Augen wieder öffnete, war ich allein. Gaston war in sein Zimmer gegangen.

Er hat mich geschlagen, schrie es in mir. Er hat mich richtig geschlagen! Er ist eifersüchtig, er ist blind vor Eifersucht! Er ist wahnsinnig!

Nie hat mich ein Schlag so erfreut, so glücklich gemacht wie diese Mißhandlung durch Gaston!

Eines meiner Ziele war erreicht – nun noch das Gift, und der immer rätselhaft bleibende Haß einer Frau war gestillt!

Das Gift! Heute nacht wollte ich es holen.

Ich ging auf mein Zimmer in der Klinik und schloß mich ein. Ich mußte mich sammeln, ich mußte mir innerlich Kraft geben, denn jetzt stand ich an der Schwelle eines neuen Lebens, das belastet sein würde mit dem Tod der Schwester und des Geliebten.

Ich ließ zu Hause durch den Hausmeister an Brigit bestellen, daß ich in der Klinik bleiben würde. Sie solle nicht auf mich warten. Ich wußte dabei, daß sie nachher Gaston am Palais Chaillot treffen würde, daß sie ausgingen und daß ihr Gaston erzählen würde, daß er mich bei Senlis überrascht hatte.

Brigit würde das zum Anlaß nehmen, auf mich zu

schimpfen und sich Gaston noch mehr an den Hals zu werfen. Alles, alles wußte ich. Ich kannte genau den Hergang der weiteren Entwicklung, aber es berührte mich nicht mehr. Alles stand bereits abseits meines Lebens – ich konnte die Dinge aus einer fernen Schau betrachten, wie man einen Film sieht, ein Buch liest oder ein Bild betrachtet. Es ging mir nicht mehr in die Seele – für mich waren Brigit und Gaston schon tot. Getötet durch meine Hand. Und warum soll man sich über Tote erregen? Es wäre das eine Regung des Gewissens – und gerade Gewissen war etwas, was ich nicht mehr besitzen wollte!

Den ganzen Abend und die ganze Nacht hindurch saß ich in meinem dunklen Zimmer in der Klinik am Fenster und starrte hinüber zu den Fenstern der Labors.

In Labor III brannte noch immer Licht. Weiße Mäntel huschten vor den Scheiben entlang, einmal erkannte ich sogar die Gestalt von Prof. Bartels.

Ich blickte auf die Armbanduhr.

Zwei Uhr nachts. Zwei Uhr – und noch immer Betrieb in den Labors? Arbeiteten sie vielleicht durch? Gab es dort keine Nachtruhe?

Ich ging hinaus auf den Gang und traf bei der Aufnahme einen jungen Assistenzarzt, der Nachtdienst hatte.

»In den Labors ist noch immer Licht«, sagte ich leichthin. »Was ist da eigentlich los?«

»Bartels steckt in einer großen Versuchsreihe. Seit einer Woche arbeiten sie in vier Schichten. Sie wollen bis zum Winter ein Ergebnis vorlegen.«

»Bis zum Winter?« Ich sah erschrocken zu Boden. Bis zum Winter Tag und Nacht? Wie kam ich da an mein Gift heran? Wie erreichte ich die kleine Ampulle mit den hellen Kristallen?

Der junge Arzt nickte. »Ja. Bartels ist versessen! Ein Arbeitstier! Ich möchte bei ihm kein Assistent sein.«

Assistent! Das war ein Wort! Assistent bei Bartels! Dann konnte ich an jeden Giftschrank, dann stand mir die ganze Skala der Gifte zur Verfügung.

Ich grüßte den jungen Arzt freundlich und ging zurück auf mein Zimmer. Dort setzte ich mich sofort an den Apparat des Haustelefons und wählte die Nummer des Labors III. Nach einer Weile meldete sich Prof. Bartels.

»Herr Professor«, sagte ich. »Hier ist Gisèle Parnasse. Ich sehe von meinem Zimmer aus, daß Sie noch fleißig an der Arbeit sind. Und dabei kam mir ein Gedanke. Können Sie mich nicht als außerplanmäßige, unbezahlte Assistentin bei sich einstellen?«

»Aber warum das denn?« Bartels war anscheinend sehr verblüfft. Er hüstelte am Telefon. »Es genügt doch, wenn Sie sehen, wie Menschen aufgeschnitten werden. Warum jetzt auch noch Ratten und Meerschweinchen?«

»Ich habe mir gedacht, daß ich durch die Kenntnis der Gifte sehr viel für meine Spezialausbildung als Anästhesieärztin lernen könnte.«

»Das allerdings.«

»Sehen Sie, und darum meine Bitte. Wenn ich Sie zu sehr belaste, dann können Sie mich ja jederzeit wieder hinauswerfen!« Ich lachte dabei, aber ich zitterte vor Erregung und lehnte mich an die Wand. Wenn er jetzt ja sagt, habe ich das Gift! Wenn er nein sagt, ist alles anders geworden, und ich muß sehen, auf welche Weise ich Gaston und Brigit töten kann.

»Wir wollen das alles mal durchsprechen, Dr. Parnasse.« Prof. Bartels räusperte sich erneut. »Wenn Sie Zeit haben, kommen Sie mal herüber.«

»Jetzt?«

»Von mir aus. Wenn Sie abkommen können? Ich kenne heute keine Nacht.«

»Ich auch nicht! Also, ich komme sofort.«

Ich legte aufatmend den Hörer wieder auf die Gabel und strich mir die Haare aus der Stirn. Dann zog ich meinen weißen Ordinationskittel an, steckte das Membranstethoskop in die Tasche und verbreitete so den Eindruck einer seriösen Medizinerin, die sich wirklich nur aus wissenschaftlichem Interesse in die Giftküche von Prof. Bartels begibt.

Als ich den Rasen zwischen den beiden Gebäuden überquerte, kam mir eine Gestalt durch die mondhelle Nacht von einem der Seiteneingänge der Klinik entgegen.

Gaston!

Er sah mich sofort und blieb vor mir stehen, den Hut etwas in den Nacken geschoben, die Hände in den Taschen seines Trenchcoats.

»So spät noch unterwegs?« fragte er.

»Ich mache einen Besuch.«

»In vollem Ornat? Senlis liegt übrigens nicht da drüben.«

»Ich gehe zu Bartels.«

»Ach! Hast du in dem alten Knacker den dritten Frühling geweckt? Mal was anderes, wie? Statt junger Stiere einmal einen alten, keuchenden Bullen.«

»Du bist ein ekelhaftes Schwein!« sagte ich laut. Ich wollte weitergehen, aber er hielt mich am Arm des weißen Mantels fest.

»Ich wollte es dir schon gestern sagen, aber da warst du ja mit Senlis im siebten Himmel! Ich habe ein Telegramm aus New York bekommen. Das Rockefeller-Institut hat mich eingeladen, für drei Jahre nach Amerika zu kommen, um im Krebsforschungsinstitut zu arbeiten. Ich verhandelte mit New York schon seit eineinhalb Jahren – jetzt ist es soweit. Ich werde wohl fahren.«

»Bitte.«

»Ist das alles, was du mir dazu zu sagen hast?«

»Soll ich Hosiannah singen?«

»Du könntest dich freuen.«

»Bitte – ich freue mich! Hahaha! Welche Freude! Genügt das? Oder verlangst du einen Freudensprung?« Ich sah ihn kurz an. »Wann willst du fahren?«

»In zehn Tagen. Ich fliege mit der Concorde. Bocchanini ist einverstanden. Eine Ehre auch für seine Klinik.«

»So. In zehn Tagen?«

»Die Paßangelegenheit und die Einreiseerlaubnis wird alles vom Ministerium aus geregelt. Es geht sehr schnell.«

»So?«

»Ja. Vielleicht fliege ich auch ab London nach New Orleans, um dort noch einen Vortrag anzuhören, ehe ich nach New York weiterfliege. Das wird sich aber alles noch ergeben.«

»Na – dann viel Spaß.«

Ich ließ Gaston auf dem Rasen stehen und ging mit langen Schritten dem Laborgebäude entgegen. Ich spürte, wie mir Gaston nachschaute, aber ich drehte mich nicht um.

In zehn Tagen wird er weg sein aus Europa. Weg aus meinen Augen für immer! Unwiderruflich! Und vielleicht nahm er Brigit mit, vielleicht hatten sie vorhin schon alles besprochen.

In zehn Tagen!

Mir blieb nicht mehr viel Zeit für die Ausführung meines Planes. Gaston würde nie die Concorde besteigen – weder in Paris noch in London! Innerhalb der zehn Tage, die mir noch blieben, mußte ich das Gift bekommen und Brigit und ihn getötet haben! Der Gedanke, daß er und Brigit in Amerika ein freies, glückliches Leben führen würden, war mir so unerträglich, daß es wie ein stechender Schmerz durch meinen Körper zog und ich mich krümmte, ehe ich bei Prof. Bartels eintrat.

Erstaunt sah er mich an.

»Sie erschrecken mich, Dr. Parnasse! Wie sehen Sie aus? Blaß und eingefallen. Sind Sie krank?«

»Ein wenig überarbeitet, Herr Professor. Das ist alles.« Ich setzte mich in den angebotenen Sessel und rauchte hastig eine Zigarette, die mir Bartels gab. »Haben Sie es sich überlegt?« fragte ich dabei.

»Was wollen Sie denn bei mir lernen?«

»Vor allem die Toxine, die für Narkosen brauchbar sind: Lähmungsgifte, Betäubungsgifte, Anästhesiemittel für Leitungsnarkosen und was es sonst so alles gibt.«

»Haben Sie mit Bocchanini darüber gesprochen?«

»Noch nicht. Ich wollte es morgen tun. Mir fiel die Möglichkeit der Assistenz bei Ihnen plötzlich ein, als ich so spät noch Licht bei Ihnen sah.«

»Gedacht – getan! Sie haben Temperament, Dr. Parnasse! Aber stellen Sie sich die Arbeit hier nicht leicht vor. Es heißt, zu Ihrer chirurgischen Arbeit noch ein volles Arbeitspensum zusätzlich zu bewältigen!«

»Ich weiß, Herr Professor.«

»Sie halten das nicht durch, Dr. Parnasse!«

»Oh – ich bin zäh«, lächelte ich.

Als ich zurück in mein Zimmer ging, durch die etwas kühle, mondhelle Nacht, war mir leichter ums Herz. Morgen konnte ich im Labor III zusehen . . . nur zusehen und lernen . . . aber ich würde einmal, ein einziges Mal, die Möglichkeit haben, an den Giftschrank für die Pilztoxine zu kommen. Und dieses eine Mal würde genügen!

Noch zehn Tage!

Wie lang sind zehn Tage . . .

Wenn man glaubt, vor einer großen Entscheidung zu stehen, beginnt die Zeit, wegzulaufen. Sie entgleitet einem unter den Fingern. Man will sie halten, man glaubt, daß Tage und Wochen erst gelebt werden müssen, aber man sieht, daß die Abende früher kommen, als man es glaubte und sich die Zeiger der Uhr schneller drehen, als man jemals beobachtet hat.

Plötzlich ist das Leben zu einer rasenden Jagd geworden, wie ein Rennen um den Preis der Erfüllung. Ein Flug über Entfernungen hinweg, die man früher nie bemerkte.

Auch zehn Tage schrumpfen zusammen zu einer lächerlichen Stunde, wenn sie eine Entscheidung bringen sollen, die von Glück und Schnelligkeit abhängt.

Zwei Tage, nachdem ich bei Prof. Bartels arbeitete, hatte ich das Gift in den Händen! Ein kleines Röhrchen mit weißlichen Kristallen. Es genügte, um dreihundert Menschen mit dem Gift des Knollenblätterpilzes zu töten. Ein konzentrierter Tod in meiner Hand.

Damit es niemand merkte, hatte ich das Röhrchen gegen ein gleich großes mit feinem Zucker ausgetauscht. Nun lag das Gift in meinem Zimmer, unter der Matratze versteckt, und ich schlief zwei Tage darauf, mich hin und her wälzend, ehe ich mich überwand, zur Tat zu schreiten.

In diesen vier Tagen hatte ich Gewißheit bekommen, daß Brigit sich allen Ernstes mit dem Gedanken trug, mit Gaston nach Amerika zu fliegen. Ich erfuhr es nicht direkt von ihr, sondern fand eines Tages, als sie einkaufen war, ein Schreiben vor, in dem die Galerie Broqueur in Paris sich bereit erklärte, wegen Wegzuges von Mademoiselle Parnasse in die USA die noch vorhandenen Grafiken und Bilder in Kommission zu nehmen und den Erlös auf ein Konto der Französischen Staatsbank zu überweisen.

Es blieben mir nur noch Stunden, die Tat auszuführen. Nur noch wenige Stunden, das Rad des Schicksals so zu drehen, wie ich es mir vorgenommen hatte!

In diesen wenigen Stunden schlug das Schicksal wirklich zu.

Ich wachte in der Nacht von wahnsinnigen Schmerzen

auf, ich schrie, wälzte mich im Bett, trommelte mit den Fäusten an die Wand und kratzte den Kalk und die Tapeten ab. Mein ganzer Körper schien ein einziger Schmerz zu sein. Er bäumte sich auf, zuckte unter den Schmerzen, und ich schrie, schrie, daß es über die Gänge hallte.

Gaston und Bocchanini, die sofort gerufen wurden, stellten ein schweres Nervenfieber fest. Nach einer Injektion, die mir Bocchanini gab, schlief ich ein.

Meine Rache, mein perfekter Mord. Sie schliefen mit mir ein und lösten sich auf, verbrannten in dem Feuer, das durch meinen Körper tobte.

An der Schwelle der Erfüllung allen Hasses brach ich zusammen. Nicht einmal das gönnte mir das Schicksal, daß ich eine Mörderin wurde aus Liebe und Enttäuschung.

In einem Zustand von Lethargie dämmerte ich dahin. Drei Tage . . . vier Tage . . . am fünften Tag ließ mich Bocchanini an die Riviera bringen, nach Nizza, in das Sanatorium von Dr. Frèsnes.

Hier war ich weit weg von allem Kummer, von allen Sorgen, von Gaston und Brigit, die mich einmal besuchten in meinem kleinen, weißen Zimmer und bei deren Anblick ich mich abwandte und die Wand anstarrte. Da verließen sie leise das Zimmer. Die Zukunft gehörte ihnen. Ich war nur noch ein Wrack, eine ausgebrannte Schlacke.

Wenige Tage nach meinem Abtransport nach Nizza fand man unter der Matratze meines Bettes in der Klinik die kleine Ampulle mit dem Pilzgift. Die Schwester, die es entdeckte – eine junge Lernschwester – gab es sofort an Gaston weiter, der die Ampulle stillschweigend zurück zu Prof. Bartels trug.

Wie ich später erfuhr, dachte man allgemein, daß ich mich in einem Anfall nervlicher Zerrüttung – den sich keiner erklären konnte außer Gaston, der aber schwieg – das

Leben mit diesem Pilzgift nehmen wollte und nur mein Zusammenbruch mich an der Ausführung meiner Tat gehindert hatte. So wurde ich, die verhinderte Mörderin, noch eine Märtyrerin der Liebe, und niemand kam auf den Gedanken, daß das Gift vielleicht für andere gedacht war als für mich selbst.

Vielleicht ahnte es Gaston – aber er schwieg. Sicherlich schwieg er nicht, um mich zu schützen, sondern um Brigit die Aufregung zu ersparen und vor allem, um nicht der Mann eines Mädchens zu werden, dessen Schwester man des versuchten Mordes anklagte!

Vater und Mutter besuchten mich in Nizza – ich war froh, als sie wieder fuhren. Mutters stiller Schmerz nagte in mir, und Vater umging scheu das Thema Gaston Rablais und Brigit. Sicherlich wußten sie, daß Gaston und Brigit zusammenwaren, sicherlich ahnten sie, daß damals in Caissargues die Würfel unseres Schicksals gefallen waren, so plötzlich, so unerwartet und so ganz anders, daß man wahrscheinlich sagen darf: Die menschliche Seele ist ein unlösbares Rätsel!

In diesen Tagen der völligen Ruhe hatte ich Zeit genug, darüber nachzudenken, was ich falsch gemacht hatte und warum alles so gekommen war. Eigentlich gab es darauf nur eine einzige Antwort: Es war keine Liebe zwischen Gaston und mir gewesen!

Ich wehrte mich gegen diesen Gedanken, ich nannte mich dumm und kindisch – aber es blieb trotz aller Überlegung nur der Schluß, daß unsere Liebe – wie wir sie damals nannten – nichts anderes gewesen war als ein hell brennendes Strohfeuer der Leidenschaft, und nach dessen Verlöschen nichts übrig blieb als ein unansehnlicher Rest im Wind zerflatternder Asche.

Leidenschaft – nichts weiter war es. Wir hatten uns vergessen – wir hatten darauf vertraut, daß unsere Körper, unser Vergessen stark genug sei, lange genug zu dauern, so lange zu dauern, bis alles zur Gewöhnung wurde und aus dieser Gewöhnung eine Ehe.

Das war ein Irrtum. Ein grausamer Irrtum der Herzen, denn auf Gewöhnung und Leidenschaft allein kann man keine Ehe aufbauen, weil es eben Feuer sind, die schnell verglühen und nichts zurücklassen als einen schalen Geschmack und den Willen, sich so schnell wie möglich zu trennen. Wir hatten einmal die Welt vergessen, hatten einfach alles vergessen, lebten nur noch für die Leidenschaft der Umarmung und der Verschmelzung von du und du. Und als wir erwachten, als ein Teil von uns – Gaston – erwachte in einem Augenblick, in dem er spürte, wie die Plötzlichkeit wahrer Liebe ihn ergriff – Brigit –, da träumte ich weiter, vergaß mich weiter, wollte weiterhin blind sein und trug mich mit dem Gedanken des Mordes, um aus diesen Träumen nicht zu erwachen.

Wie dumm das war, wie kindisch, wie weltfern!

Gaston sagte es mir, als er mich in Nizza besuchte, allein, an einem Nachmittag, an dem ich auf dem Sonnenbalkon des Sanatoriums lag und Kräfte sammelte für ein neues, klügeres Leben.

Er setzte sich an mein Bett und nahm meine Hände, die fahl und schwach auf der weißen Decke lagen.

»Es geht dir besser?« sagte er. Seine Stimme war wieder wie damals, als wir uns kennenlernten, auf der nächtlichen Straße, umgeben von den betrunkenen, jungen, grölenden Kollegen. »Dr. Frèsnes sagte es mir.«

»Ein wenig.« Ich hörte meine Stimme wie die einer Fremden. Ich wollte nicht sprechen, ich hatte mir geschworen, mit Gaston nie mehr zu sprechen. Und nun sprach ich doch, und er war so fremd, dieser Klang meiner Stimme, daß ich selbst verwundert aufhörte. Gaston dachte, mich strenge das Sprechen noch an und legte die

Hand auf meine kalte Stirn.

»Fieber hast du jedenfalls nicht mehr.«

»Nein. Es geht mir gut.«

»Du wirst bald aufstehen können, Gisèle.«

»Das wäre schön. Ich habe Lust, am Meer spazieren zu gehen. Ich glaube, das Meer könnte mir neue Kraft geben. Vielleicht mache ich eine Nachkur in Juan les Pins.« So dumm sprachen wir miteinander, so sinnlos sprachen wir um das Thema herum, das uns alle im Inneren beschäftigte. Gaston nickte.

»Ich werde es Dr. Frèsnes sagen – vielleicht läßt er dich nach Juan fahren. Du könntest dann wieder in einem Zelt liegen, von der Sonne geschützt, aber den Wind des Meeres spüren.«

»Ja, das könnte ich . . .«

»Was willst du machen, wenn du wieder gesund bist?« Ich sah Gaston groß an. »Es interessiert dich noch?«

»Ja. Wirst du Senlis heiraten?«

»Nein. Senlis zu heiraten, daran habe ich nie gedacht.«

»Ach so. Du wirst aber in Paris bleiben?«

»Nein. Ich werde vielleicht in eine andere Stadt ziehen, wo ich ohne Erinnerungen leben kann. Mit einem Vergessen fing unser Leben an – mit einem großen Vergessen soll es auch enden. Ich will durch nichts mehr an dich erinnert werden.«

»Waren wir nicht glücklich, Gisèle?«

Ich hob die Hand. »Bitte – schweig davon, Gaston!«

Er blickte zu Boden und zeichnete mit den Spitzen seiner Schuhe Muster auf den Boden der Terrasse. »Ich werde nun doch ab London nach New Orleans fliegen.«

»Mit Brigit?«

»Ja.«

»Und ihr werdet heiraten?«

»Ja.«

»So plötzlich habt ihr euch entschlossen?«

»Es ist die Liebe, Gisèle. Die wirkliche Liebe. Wir zwei haben immer geglaubt, uns zu lieben. Heute weiß ich, daß es etwas anderes gibt als das, was wir miteinander erlebt haben. Etwas, was außerhalb des Körperlichen liegt, was tief im Inneren sitzt, was wie ein gelöstes Geheimnis ist, einem Märchen gleich, wo ein Verzauberter von seinem Bann befreit wird. Das kommt plötzlich, urgewaltig, das ist ein neuer Schöpfungsakt der Natur.«

»Bitte, bitte – schweig!« rief ich laut. Ich hielt mir die Ohren zu und wandte mich ab.

Was Gaston mir sagte, wußte ich ja. Ich hatte es mir oft genug in den langen Abenden und Nächten vorgesagt, und ich war darüber hinweggekommen, weil ich in dieser schrecklichen Wahrheit wirklich den einzigen Trost sah. Aber es jetzt zu hören aus dem Mund des Mannes, der einmal mein Schicksal hatte werden sollen, aus einem Mund, der mich geküßt und liebkost und meinen Körper in heißen Nächten abgetastet hatte, das war zuviel für mich.

Ich drehte mich um und zitterte am ganzen Körper.

Gaston erhob sich.

»Verzeih«, sagte er gepreßt. »Ich wollte dir nicht weh tun. Ich habe geglaubt, daß wir uns verstehen, daß wir so groß und vernünftig und vor allem mit einer solch inneren Größe begabt sind, um das alles besprechen zu können. Wir sollten unsere Seele erkennen und analysieren – nur so kommen wir zu der Erkenntnis, daß alles so wichtig ist, wie es geworden ist.«

»Das weiß ich ja alles«, sagte ich gequält. »Und weil ich es weiß – darum geh jetzt . . . bitte . . .«

Und Gaston ging.

Es war das letzte Mal, daß ich ihn sah. Aber dieses Wiedersehen, das gleichzeitig ein Abschied für immer war, riß mich empor. Ich verließ das Bett, ich verließ trotz des Widerstandes von Dr. Frèsnes die Klinik und mietete mir in Juan les Pins ein Zimmer in einer Strandpension. Es war, als habe die brutale Erkenntnis, daß wirklich alles unwiederbringlich war, daß das Leben weiterging und sich nicht an Ressentiments klammern durfte, mich wie nach einem Schock geheilt. Ich fühlte mich frei, ich fühlte mich stark und gesund und verließ das Sanatorium nach meiner Meinung als ein freier Mensch, der wieder selbst die Verantwortung für alles übernehmen kann, was weiterhin geschehen würde.

Wie sagte ich doch zu Anfang: Während ich diese Zeilen schreibe, müßte ich eigentlich traurig sein. Aber im Inneren bin ich froh, daß alles so gekommen ist und Gaston gegangen ist. Ja, das habe ich geschrieben!

Soll ich mein neues Leben gleich mit einer neuen Lüge beginnen?

Ich bin wirklich traurig, aber nicht – das sei ehrlich gesagt –, weil Gaston gegangen ist, sondern weil ich unfähig war, richtig zu lieben und mich im Körperlichen verlor, wo es hieß, mit der Seele zu lieben. Diese Seele hatte ich nicht – ich erkannte sie gar nicht – und darum bin ich letztlich selbst schuld an dem, was mir heute Schmerzen verursacht.

Vom blauen Meer herüber weht der milde Wind. Er schmeckt salzig, wenn man mit der Zunge über die Lippen fährt. Im »Café Riborette« spielt noch immer die Tanzkapelle. Der Staub auf den Zypressen, Pinien und Maulbeerbäumen entlang der breiten Uferstraße hat sich noch vermehrt. Die eleganten Wagen der abendlichen Bummler wirbelten ihn auf.

Gleich wird die Sonne im Meer versinken. Sie ist schon ein feuerroter Ball, der wie eine reife Orange über dem Blaugold des Meeres hängt. Die Felsen sind violett, in den Gärten der Hotels gehen die Lampen an, die Lampions, die Kandelaber, die Neonröhren. Gegenüber, in einer Pension, steht ein Fenster offen. Das Zimmer ist hell erleuchtet. Ein Mann sitzt vor dem Spiegel, ein junger, schwarzlockiger Mann und bindet sich über dem weißen Hemd die schwarze Schleife seines Smokings. Jetzt geht eine Tür, eine schöne Frau erscheint im Zimmer, in einem Kleid aus rosa Tüll, mit langen schwarzen Samtbändern verziert. Sie umarmt den Mann von hinten, sie biegt seinen Kopf zurück und küßt ihn hingebungsvoll. Er lacht dabei, und sie umarmen sich und küssen sich noch einmal. Sie sind so glücklich ...

Warum machen sie nicht das Fenster zu? Warum löschen sie nicht das Licht? Warum muß ich das ansehen, dieses Glück zweier Liebender? Es tut ja so weh, so unendlich weh ... oh, wenn sie doch das Fenster schließen würden!

Ich erhebe mich. »Garçon!« rufe ich. »Zahlen!«

Ich lege einen 50-Francs-Schein auf den Tisch und verlasse das Café. Das Fenster ist noch immer erleuchtet – ob sie sich noch küssen ...?

Das Meer ist dunkel, die Sonne ist versunken, die Felsen sind schwarz. Über den Gärten steht ein Flimmern von bunten Lichtern. In den Uferpalmen rauscht der Nachtwind. Er zerzaust meine Haare, spielt mit meinen heißen Wangen und erfaßt meinen zitternden Körper.

Wird das Glück auch wieder zu mir kommen? Werde ich einmal wieder lachen können?

Aus der Pension kommt das junge Paar, das ich in dem erleuchteten Fenster beobachtet hatte. Er hat sie untergefaßt, sie schwebt wie eine Wolke aus Tüll an seiner Seite. Sie lächeln sich an, so glücklich, so ganz du in du, sie kommen an mir vorbei und sehen nicht meine dunkle Gestalt gegen das dunkle Meer.

»Darling ...« sagt sie zärtlich.

Sie hat eine hohe, fast kindliche Stimme. Er küßt ihre Schulter.

Unter den Palmen verschwinden sie. Durch die Nacht klingt die Musik aus den Hotels.

Ich gehe einsam am Meer entlang und sehe den Wellen zu, wie sie sich an den Klippen brechen. Ein wenig fröstelt es mich, aber ich gehe weiter in die Dunkelheit hinein.

Morgen wird die Sonne wieder scheinen. Morgen wird ein neuer Tag leuchten. Morgen wird mein anderes Leben beginnen!

Heute aber laßt mich noch einmal einsam sein, laßt mich in der Stille Rückschau halten auf eine kurze Spanne meines Lebens, die bald zu einem großen, schrecklichen Schicksal geworden wäre.

Ich will unter alles einen Strich ziehen. Ich will vergessen. Ich will neu anfangen mit dem Leben, mit der Liebe und mit einem neuen Vergessen in den Armen eines Mannes, den das Schicksal mir früher oder später zutreiben wird.

Wir sind ja wie die Gezeiten des Meeres, wir Menschen. Wir sind Ebbe und Flut, Weichen und Vorwärtsstreben, Geben und Nehmen, Zerstören und Aufbau. Wir sind nur der Rhythmus der Natur, schicksalhaft verbunden mit dem Gesetz des Alls.

Kann man dem Menschen böse sein? Kann man ihn ändern?

Wer kann denn das Meer aufhalten von Ebbe und Flut, wer kann dem Mond das Licht der Sonne nehmen, wer die Sterne verdunkeln?

Wer es könnte, änderte auch den Menschen – doch warten wir nicht auf dieses Wunder, denn so, wie es ist, war es gut, und so wird es bleiben, bis alle Blumen verwelken und der Himmel hinab auf die Erde fällt . . .